異世界で怠惰な田舎ライフ。5

A L P H A L I G H T

太陽クレハ
Taiyo kureha

アルファライト文庫

ノア・サーバント
『クリムゾンの神剣』の二つ名を持つ。
王国最強『紅蓮騎士団』の団長。
ユーリ・ガートリン
【超絶】のスキルを持って、
異世界に転生した本作の主人公。
全てにおいてやる気がない。
アンリエッタ・ガートリン
ユーリの妹。
闇組織ブラックベル所属。
【超絶】のスキル持ち。
登場人物紹介
characters

リム
ガートリン家のメイド。
「アズライトの瞳」を持ち、
魔力の流れを
視(み)ることができる。
ローラ
ユーリの母親
代わりのメイドさん。
何よりもユーリが大切で
弟のようにも
思っている。
リナリー
ユーリと付き合いの
長い冒険者。
正義感が強いしっかり者。
男性には奥手(おくて)。
ニール・ロンアームス
ロンアームス伯爵家(はくしゃくけ)四男。
ユーリと同じ転生者。

プロローグ

これは昔々の話である。
天界にもっとも知力に優れた、それは美しい天使がいた。
その天使の名前はアルカ・ファア・ルーシー。
アルカは多くのことを知っており、その知識量は神すらも超えていた。
それゆえ、アルカは夢見てしまったのだ。
神になることで永遠に生き続けて、知識を蓄え続け……全ての理を理解したいと。
アルカは知識欲に囚われたのである。

――神になる方法。

そのためには【全知】と【全能】の二つの力が必要であった。
アルカは、生まれつき所有していた【賢者】のスキルにより、【全知】の力を得るための条件は満たしていた。

しかしもう一方の力、【全能】は数百年に及ぶ修練を積んでも手に入れることが出来なかった。なぜなら、その力に到達するための唯一の条件である【超絶】のスキルを獲得できなかったからだ。

そう、アルカは気づいてしまったのである。

力——すなわちスキルとは、魂に刻み込まれるものであり、その容量には限りがあるという事実に。

つまり、自分はどんなに時間をかけて努力を重ねても、【賢者】と【超絶】を同時には魂の容量を超えて取得出来ないのだ。

アルカは苦悩し、絶望した。

おそらく、神はいつの日かアルカのような野心を秘めた者が現れることを予期して、盤石な手を打っていたに違いない。天使が神を超え、自分達の地位が揺らぐことのないように。


それからしばらく経ったある日。

アルカは神に宝物庫の整理を頼まれた。

そこでアルカは、その宝物庫にあったあるものに目を奪われた。それは、神が所有する財宝の中では『金の林檎』と呼ばれるもので、その実を口にした者は不老不死の能力が得られると言われていた。

永遠の生命――。

それは、神への道を閉ざされたアルカの瞳には、またとない希望の光に見えた。アルカの内側から一度は諦めかけていた思いが再燃した。

気づくと、アルカは愚かにも懐に『金の林檎』を仕舞い込み、宝物庫から出ていた。

ところが、『金の林檎』を持ち出したことは、すぐさま神や天使達の知る事態となる。

案の定、アルカは自分を追ってきた神や天使達に囲まれてしまう。進退窮まったアルカは、彼らに捕まる瞬間、『金の林檎』を一口かじった。

すると、変化はすぐに現れた。

アルカの美しかった美貌はみるみるうちに崩れ落ち、肢体は無残に歪み果て、瞳は暗い闇へ閉ざされた。


――彼女は思った。


こんな筈ではなかった。私はただすべてを知りたかっただけなのに……。

もう一度、はじめからやり直したい。

私を蔑(さげす)んだ目で見ないで……！

痛い。

痛い。

嫌だ、こんなの嫌だ……！

必ず――。

必ず、復讐(ふくしゅう)してやる！


それから数百年。

神と天使達は、力を増幅(ぞうふく)させて変わり果てた姿となったアルカと死闘(しとう)を繰(く)り広げ、ようやくその体を拘束(こうそく)し地下監獄(かんごく)へ幽閉(ゆうへい)したのだった。

しかし、膨大(ぼうだい)な知識を有するアルカは知っていた。

地下監獄から抜け出し、下界へ逃げ出す方法を。

……あの方法を用(もち)いて地下監獄を抜け出せれば――。

世界を生贄(いけにえ)に、力を手に入れて――。

私を見下(みくだ)し蔑(さげす)んだ神と天使達を殺して天界を滅(ほろ)ぼしてやる――！

そして、アルカは『魔王』と名乗り、世界に降り立ったのだった。

第一話　騎士学校でのひと時

俺は、ユーリ・ガートリン。

クリムゾン王国のガートリン男爵家の三男として生を受けて十二年。騎士学校に入学して六カ月が経とうとしていた。

そんな俺には、岡崎椿としての前世の記憶がある。それは異世界崩壊を食い止めるため、神様にチートスキルを渡されて無理やり転生させられたためだ。

とはいえ、俺以外にも転生者がいることが分かった時点で異世界崩壊を阻止するなどという役目は他に頑張ってもらい、俺はその手伝いを少しすればいいだろうと思っていた。

しかし、俺の思惑に反して面倒事ばかりが襲ってくる。

希望の子とか言われるようになり、剣に魔法の修業の日々。そして聖具とかいう物騒な武器を使いこなせという無理難題を……。それから、これは異世界崩壊とは関係ないがガートリン男爵家の次期当主に任命されてしまった。正妻さんの実家が、国家転覆の反乱に加わったのがきっかけだ。反乱は未遂に終わったものの、これを機に、正妻さんとその息子であるバズお兄様とカールお兄様まで、お父様はまとめて縁を切ることを決断した。

で、残った俺が領主様を継ぐという。

ふぅ、のんびりスローライフからどんどん遠ざかっていくよ……。

次期当主に指名されてからというもの、騎士学校入学と共になくなったはずの、メイドのローラとの勉強会が復活した。勉強会の内容は貴族の立ち振る舞いや礼儀作法、舞踏会でのダンスレッスン、領地運営に至るまで幅広く、厄介極まりない。

ちなみに、今は自室で家具を脇に退かしてダンスの練習中である。

「ワンツー……ユーリ様、もっと足を踏み込んで！　足に意識がいき過ぎて、腰が引けています。もっと堂々と」

ローラの刻むリズムに合わせながら俺はステップを踏む。

「はぁ……」

「ユーリ様。溜め息も仕舞っておいてください」

最近、ローラのスパルタ度が増している気がする。

しかし、ローラの万能感、半端ないな。俺に教えるために密かにダンスの勉強をしていたとか。

それから一時間ほど、ローラによるスパルタダンスレッスンは続いたのだった。

「くは……疲れたぁ」

いつもはあまり使わない筋肉を酷使したせいだろう。剣術の修業よりも疲労感が強い。

「ふふ。お疲れ様でした」

ローラが笑みを浮かべながらタオルを渡してくれる。

「ありがとう」

「少しずつですが、様になってきましたね」

「そうか？　へっぴり腰過ぎて、恥ずかしいんだけど」

「それは、これから練習していけば何とかなりますよ」

「そうかなぁ」

「そうですよ。この前の舞踏会は隅で立っていただけですが、次に呼ばれた舞踏会までには会場の真ん中で堂々とダンスを踊れるように頑張りましょうね」

「ええ……!?　それは恥ずかしいって」

「いえ。ユーリ様が次期当主様としてしっかりしている姿を周囲に見てもらいませんと」

「やっぱさー。俺に次期当主は荷が重いと思うんだけどな」

「何をおっしゃいますか！　ユーリ様ほど相応しい人はおりません！」

「……そうかなぁ……」

実はどの使用人に聞いても、ローラと同じ言葉が返ってくる。信頼されるのは嬉しい。

だが、異世界崩壊を食い止めた後では、出来るだけラクに、楽しく、スローライフを送りたい。そう、切に切に願っている俺の野望は、貴族という過重労働を押し付けられた時点で、もはや破綻寸前である。

はぁ……俺は、一体どうしたらいいのだ。


ダンスの稽古が終わって、俺は汗を流すために風呂へやって来ていた。

それは木製の風呂だった。六人の男性が足を伸ばして入浴できるほどのサイズで、俵型のなめらかな曲線がとても美しい。以前、執事のクランツの知り合いの木工店に依頼していたものが、つい最近完成したのである。店主曰く、風呂を作るのは初めてだそうだが、十分な出来だと思う。

俺は、ゆっくりと湯船に入っていく。

この風呂場は屋敷の使われていなかった部屋を貰い、魔法で大改築し、そこに木製の風呂をドカンと置いていた。俺一人で使うのは勿体ないので、使用人達にも自由に使う許可を出している。だが今はちょうど誰も入っておらず、俺の貸し切り状態だ。ちなみに、この木製の風呂と同様のものをもう一つ作り、そちらは女風呂として活用している。

「ふひぃ……極楽極楽ー。ぐふふ……最高だぜぇ」

思わず独りごちながら、湯船で足をピンと伸ばして軽くバタつかせる。

俺の唯一の幸福な時間である。

　これまで釣りで稼いだお金は風呂を作るために全部使っちゃったけど、本当に良い買い物したなぁ……って、そう言えば、俺、金欠だった。

　どうしようかな？

　正直、屋敷にでっかい風呂を作った時点で、ほかに欲しいものはない。ただ問題なのは、聖具の修業を妖精の国の王女であるアリス様に見てもらう交換条件として、ケーキをワンホール用意しなくてはいけなくなっていることだ。

　この異世界では砂糖の価格がかなり高く設定されているため、ケーキをワンホールも用意するとなると、今の懐具合だとなかなか厳しい。

　やっぱり、もう一度、釣りにでも出かけて稼いでくるしかないかなぁ。

　そんなことをぼんやり考えていると、風呂場の扉が開いて誰かが入って来た。

「うぃ……坊主、入ってたのか？」

「あぁ……ディランか。仕事終わったのか？」

　現れたのは俺に剣術を指南してくれている元冒険者のディランだった。俺に関わる仕事以外には兵士の訓練や屋敷の警備なんかも兼務している。

「おう。終わったぜ。ちょっと、風呂で汗流して酒だな」

「お酒はほどほどにね」

「分かってる。分かってる」

笑いながら答えるディランに、俺は疑いの眼差しを向ける。

「本当かな？　お酒の飲み過ぎは身体に良くないよ」

「分かった。分かった。気をつけるよ」

本当に分かっているのだろうか。半信半疑の気持ちでいると、ディランが湯船に入って来た。

「うぃ……最高だな、この風呂は」

「ハハ、俺に感謝しながら入るがいい」

「感謝感謝だぜぇ」

「いい加減だなぁ。あ……そうだ！　今度また釣りやろうぜ。今俺、財布がすっからかんなんだ」

「俺は構わないぜ？　けどよ。坊主が作った『給湯器』っていう魔導具の技術を売ったら金になるんじゃないか？」

「ん？　あぁ……あれね」

「すげぇじゃねぇか。この『給湯器』って魔導具は、ボタンに触れただけで冷たかった水が数分でお湯になるんだぜ？」

「ん……いいや。面倒臭いし」

この世界にない『給湯器』なんて魔導具を他の転生者が見たら、一発で俺が転生者であることがバレちゃうだろ。

以前に作った『フィッシュアンドチップス』の場合は、この世界の技術水準でも違和感なく受け入れられるだろうと思い、金策に利用したのだ。

まぁ……実際に他国には同じような料理があったらしいし。

余計な発明をして注目など浴びたくはない。まして他の転生者に関わるなんて、まっぴらごめんだ。現時点でニールだけでも面倒なのに……さらに厄介事に巻き込まれそうではないか。これ以上、俺の怠惰な田舎ライフが脅かされる要素には極力触れないでおきたい。

それともう一つ。

この異世界に来て、いろんな場所を旅して思ったことなのだが、ここはとにかく自然が豊かで美しいのだ。そう、まさしく至るところ絶景しかない。

人間の生活は、技術の進歩によって確かに豊かになる。

しかしその反面、便利な物が増えすぎると、やがて人間はそれなしではいられなくなる。

俺の前世の世界がそうであったように、行き着く先は息苦しいコンクリートジャングルだ。美しく、豊かな大自然に溢れたこの世界を、俺はそんなふうにしたくない。ちょっと、大袈裟かもしれないが。

「坊主に考えがあるなら、まあいいが」

「あぁ……それでいいんだ。俺にも、いろいろ考えがあってな」

この魔導具の存在は、お父様にも気づかれないようにしているし、知っている者はディランを含めたごくわずかな使用人だけである。

「それで、釣りは今週か？　騎士学校が終わった後でいいな？」

「そうだな。それならローラのスパルタ勉強会もサボる口実が出来るし」

「はは、坊主らしい理由だな。まぁ……坊主にも息抜きがあったほうがいいと思ってたし。俺から誘ったことにしておいてやるよ」

「ほんとか？　ありがとう。頼むよ」

それから俺は湯船の中でのぼせそうになるまで、ディランと他愛のない話をしていた。

「眠てぇ」

翌日、俺は騎士学校の屋上にあるベンチの上にゴロンと横になっていた。

春も深まってきて暖かくなってきたので、昼の時間は屋上で過ごすことが多くなっていた。

「いい天気、いい天気」

空には雲一つない。昨日までの雨が嘘のように青く澄み渡っている。その空を可愛らしい緑色の小鳥が飛んでいた。視線を海に向けると、木の葉のように小さな船がゆっくりと横断していくのが見えた。

俺は大きく欠伸をする。幸せな気分で胸がいっぱいだった。俺は今、この絶景を独り占め出来ているんだ。

そうしてのんびり空と海を眺めていると、突然、屋上の扉が開いて誰かがやって来た。

「やっぱりここかいな」

「ふふ」

「なんだ？　ここは入ってもいいのか？」

俺は起き上がり、声が聞こえてきた方に視線を向けた。

そこにいたのはヘレンとロバート、そしてノーマンの三人だった。

「ダメなんやないかな？　生徒は。鍵掛かってるしな」

「ロバートが鍵抜け出来るのは分かるんだが、ユーリはどうやって？」

「ふふ、ユーリなら鍵の一つや二つ、簡単に開けられるでしょう」

彼らは俺と一緒に騎士学校に通っている友人達で、最近はよく四人で昼飯を食っていた。

「ん？　来たのか」

俺は彼らの元気そうな姿を見て、ふと先日のことを思い出していた。

ヘレンは関係ないのだが、ロバートとノーマンはカーニバルの際に起こった貴族の反乱に関わっていて騎士学校を三週間ほど休んでいたのだ。

ノーマンの父親は、その騒ぎに関わっていた責任の一端を負い断罪された。しかし、ノーマンは自ら体を張って反乱を止めようとした功績が明らかになり罪を逃れることが出来た。そして今は、『クリムゾンの神剣』の二つ名を持っているノア・サーバント様の内弟子となり、彼の家で暮らしつつ騎士学校に通っている。

ロバートは反乱阻止の功労者でもあるし罪に問われることはなかったが、事件の落としどころが完全に決まるまでは、情報が外部に漏れないよう軟禁されていたのだとか。

王国は、今回の反乱が賊によって洗脳された貴族達が起こしたと突き止めていた。そのため、見せしめとして主だった領主達とその親族は裁いたものの、それ以上の犠牲者が増えるのを好ましく思っていなかったようだ。そんな訳でロバートの父親も新領主の下で軽い奉仕活動に従事するという罪で許されている。ただ、父親が領地に帰ってしまったため、ロバート自身はヘレンのアルバイト先で働きながら騎士学校の近くで下宿していた。

「ユーリ、授業終わったらいきなり消えるんだもん。びっくりしたよ」

俺が少し考え事をしていると、ヘレンが話を振ってきた。

「あぁ……早く屋上でのんびりしたくて、ちょっと急いでしまったんだ」

「ちょっとってレベルではなかったと思うけどね」

「はは。そんなことどうでもいいじゃないか。おっと、今机と椅子を出すよ。【ロックブロック】」

俺はレンガ造りの屋上の床に触れながら魔法を唱える。すると、円筒形のブロックがせり上がるように現れた。

「魔法の詠唱から発動まで一秒とかからないのか……」

「「ユーリの魔法にいちいち驚いてたらきりない」」

俺の魔法を見ていたノーマンが少しびっくりした表情になる。そんなノーマンの肩をポンポンと叩きながらヘレンとロバートが首を横に振って諭した。

それから俺達は弁当を取り出して食べながら他愛のない話をしていた。そんな中、俺がぼそりと呟いた。

「それにしても、久しぶりに晴れたよな」

「ほんと良かったよ。私の家なんて特に浸水しやすい位置にあるから、家の中が水浸しになっちゃって大変だった」

「いや、どこも一緒やで。今回のアクア・マルタは大変やって。街中水浸しやった」

ヘレンとロバートの言った通り、ここ二週間はかなりの雨が降っていた。この異世界にも梅雨みたいなものがあるらしい。

アクア・マルタとは海から吹く風や大雨に満潮が重なって、水面が異常に上昇する自然現象のことだ。詳しくは専門家ではないので分からないが、王都ベネットはもともと水面までの距離が近いため、この時期になるとアクア・マルタが発生する可能性が高い。そうなると街中はすっかり水に浸かってしまう。

「噂には聞いていたが、本当に街中が水浸しになるなんてな」

　ノーマンが驚きの声を漏らした。この国に来て初めてのアクア・マルタだったらしい。

　俺も初めは驚いたな。住んでいる屋敷は水に浸からなかったが、街へ出かけるにも膝まで覆う長靴を履き水深の深い場所を避けて移動するのだから。

　俺が回想していると、ヘレンが何やら思い出したらしく話を振ってきた。

「あ……ユーリに言い忘れてたことがあったんだ」

「ん？　なんだ？」

「クリスト先生からの託けがあってね。ユーリは昼食後に学長室へ来い、だってさ」

「クリストが……学長室に来いだって？　何それ、嫌な予感しかしないんだけど」

　一体なんだろう？　俺は首を傾げた。その理由について思いを巡らせてみるが、何も心当たりがない。とにかく、俺にとって悪いことなのは確かである。

　逃げる準備とかしておいたほうがよいだろうか？

「なんや、ユーリ。悪いことでもやったんやろ」

「む……俺は生まれてこのかた悪事なんて働いたことは一度もないぞ？」

　ロバートが露骨に決めつけてきたので反論する。

「一発で嘘だと分かる返事だな」

すかさずノーマンが呆れた様子で突っ込みを入れた。

「ふふ。確かに」

「ハハ。それはそうやなぁ」

ヘレンとロバートは笑い合う。結局、俺の反論は誰にも聞き届けられなかった。


昼休みも半分が過ぎた頃。

昼食を終えた俺は学長室の重々しい扉の前まで来ていた。

はぁ……気が乗らない。このまま学長室に行かず逃げてもいいだろうか？

俺がノックするのを躊躇していると、突然、扉が開いた。

「さっさと入って来んか。小僧」

「へ？　ノア様？」

俺は、ノア・サーバント様に引っ張られるように学長室の中へと引きずりこまれた。

彼は『クリムゾンの神剣』という二つ名を持ち、王国で騎士団長をやっているはずだが。

学長室に入ると、すでに俺と同じ転生者であるニール・ロンアームスの顔もあった。

「ユーリ？　君も呼ばれていたのか」

「あぁ……ニールもか」

俺とニールが呼び出されたわけか……。この組み合わせが指名されて、いい思い出はないな。

「ほほ……お主ら二人を呼び出したのには理由があるんじゃ」

　ノア様はそう言いつつ学長席に座る。

「その前に、ノア様はなんでここに？」

「ふぉふぉ……前任の学長が、ちょっと遠くに行ってしまってな」

　え……なんだ、その……失言したコメンテーターがすげ替えられた時のような定番の理由は……。

「それでな、王国の未来を担う人材発掘と育成のために儂が後任の学長になったというわけじゃな」

「な……ノア様は騎士団長としてお忙しいのでは？」

「ほほ。それは心配いらぬよ。もともと、預言で死を勧告されとった身じゃて。ほとんど、引き継ぎ済みじゃ。そうとなれば、じゃ。ここは若き王子のためにも儂の後継者となる人間の育成に力を入れるべきだと国王に進言したまでよ。一応、形だけはまだ騎士団長の役職には就いておるがな」

「はは。そうなんですか……」

　ノア様もお歳ですし、学長なんて仕事は他の人に任せて隠居でもしたらどうですかね？

と、一瞬口にしそうになったが、殺されそうなので止めておく。

「俺もさっき聞いた時は、実に驚いたよ。これで騎士学校の風紀（ふうき）も正（ただ）されるな」

ニールは少し笑みを浮かべながら言った。

何コイツ？　優等生なの？　まじめ君なの？

「そもそも風紀が乱れてんのは貴族クラスだけだから。一般クラスはクリストによる強権（きょうけん）的な政治支配で問題ないし」

俺がニールに指摘してやる。

ノア様は一回頷（うなず）くと口を開いた。

「うむ。貴族クラスは風紀を整えて一から鍛（きた）え直す。一般クラスについては、クリストのしごきもまだまだ甘いのでな。儂直々（じきじき）に見てやることを考えておる。それから、お主らが二年になった頃合いを見て寮（りょう）制度の復活も検討中だ」

「ノア様。その必要はないのではないでしょうか？　一般クラスは十分にハードタイプですよ？　これ以上のしごきは……」

「ふふ。他の生徒に関してはよいじゃろうが、クリストの奴が小僧の相手は疲れたと言っておったのでな」

「うぷ……」

ニヤリと笑ったノア様に対して、俺は何も言えなくなってしまった。

「それで、私達が今日ここに呼ばれた理由を教えてもらえませんか？」

ニールの問いかけにノア様がゆっくりと答える。

「そうじゃった。そうじゃった。ここからが本題じゃて……お主らは騎士交戦というものを知っておるな」

騎士交戦？　聞いたことないなぁ。何か、騎士のお祭りみたいなものだろうか？

ノア様の問い掛けに俺は首を傾げる。

だがニールは、そんな俺の反応をスルーして即答した。

「もちろんです」

「うむ。そうじゃな」

ニールの毅然とした返事を受けてノア様は至極当然といった顔で頷く。何故か二人の間で会話を完結させてしまっていた。

「ちょっと待ってください。騎士交戦とは、なんですか？」

「……」

「……」

俺の問いかけに二人は驚いた表情を浮かべた。

「君、本気で言っているんだよね？　君、本当に騎士学校で授業を受けてるんだよね？」

「あ……あぁ、一応な」

ニールはずいっと俺に顔を近づける。その顔圧に俺は思わずたじろいだ。

「本当に知らないのか……騎士交戦とは、クリムゾン、ルーカス、ポワセル、シャンゼリゼによる四カ国サミットの期間中に各国の騎士学校の代表者がお互いの実力を競い合うというものだ」

「あ……あぁ……そういえば聞いたことがあるような……ないような？」

「掲示板に書いてあるのを見たことないか？」

「……あぁ。そんなことあったかも。思い出した……確か、二年連続でクリムゾン王国が四カ国中最下位なんだっけ？」

俺がそう言った瞬間、ノア様の瞳に殺気が帯びる。

「……あぁ、そうだ。君は良くないことばかりは、きちんと覚えてるんだな」

「あの、ノア様？　ものすごい殺気が出てますけど……？　何かお気に障ることでも？」

ニールと俺はノア様の殺気に当てられて、会話しながらもビクッとなった。

「ふぉふぉ……。儂のいる国が二年連続で最下位……。主賓席で戦いの様を見ていた儂は、怒りを鎮めるのに苦労したわい。その上、国王から賜った苦言の数々……」

「あぁ……なるほど」

ノア様……今、殺気を抑えきれていないです。普通の人なら倒れているレベルですよ。その全身から立ち昇る負のオーラみたいなやつ、危ないから仕舞っておいてほしいのだけど。

「それでじゃな。このままでは儂も国王も腹の虫が治まらぬでな。汚名返上のために、お主ら二人を儂の独断で騎士交戦の代表者に選定した」

「「はっ？」」

「しかし、他の者にもチャンスを与える必要がある。したがって今後、お前達に対しての私闘を許可した。実力行使で一度でもお前達のどちらかを倒せたら、代表者を選定し直すように言ってある」

「「……」」

「ふぉふぉ。今日から闇打ちには気をつけるんじゃな。絶対に負けるでないぞ」

ノア様は凄みながら言った。完全に脅しである。

それからすぐに解放されたが、俺は憂鬱な感情を抱えながら教室に戻った。

◆

ノア様に騎士交戦の代表者に選定された話を聞いて三日。

俺は今、騎士学校にある修練場で【プランク】の実技授業を受けていた。

「うぐぅ……」

「ぐぁ～イテェ」

「ダメだ。勝てねー」

　授業開始早々、俺に勝負を挑んできたクラスメートの何人かをあっさりと返り討ちにする。彼らは床を這いずる芋虫のように呻き声を上げることになった。

　心底迷惑な話だが、騎士交戦の代表者に選ばれて以降、こうした輩が後を絶たない。

「ほんと、可愛げのないガキだよ。お前は」

　クリストが木刀を片手に近寄って来る。

「何を言っているんだ。こんなにも幼気な少年を、大人達が寄ってたかってイジメて……恥ずかしくはないのか？」

　俺は露骨にうんざりした表情でクリストに苦情を申し立てた。

「うるせえよ。さっさと始めるぞ。やられた奴らは脇に寄って休んでいろ」

　問答無用と言わんばかりの態度でクリストが俺に木刀を突き付ける。

　いつものパターンか……俺は半ば諦めつつ、木刀を目の前の相手に向けた。

　お互いに構える中、特に合図もなく試合が始まる。

　先手を打って攻撃を仕掛けてきたのはクリストだった。俺を打ち負かそうと、あらゆる角度から鋭い剣術を放ってくる。その容赦のない一撃を受け流しながら俺は、まったく大人げないよなあ……と、胸の内で毒づいた。

「は！」

クリストは上段から、長いリーチを生かした斬撃を繰り出してきた。自信を漲らせて大口を叩くだけもあり、その剣の腕は技に磨きをかけたベテラン剣士の妙技そのものだ。その上、攻防パターンも豊富で驚かされる。

ただし――。

「よっと」

現在では俺の身体能力が高くなりすぎてしまい、そんなクリストの剣すらも軽々と避けられるようになっていた。

俺に回避されてバランスを崩したクリスト。そのわずかな隙を見逃さない。すかさず反撃に出た俺の木刀が、クリストの首筋に突き付けられる。

「おしまいだね」

「く……」

納得がいかないと言った表情でクリストが睨んでくる。

おお……怖い怖い。

それにしてもクリストさんよ。あなた仮にも教師という立場なんだから、そんなマジな殺気は自分の生徒に向けちゃいけないと思うんですけど？

騎士学校の教師の面目を潰しちまって、悪いっちゃあ悪いんですが、これもなんていうか、正当防衛？　ってやつなんで勘弁してもらえると……。

とはいえ、この構図はやっぱあんましよろしくないか。

どうしたもんかな……俺が後始末に困っていると、どこからともなく声が掛けられた。

「そこまでじゃな」

聞き覚えのあるその声の持ち主はノア様だった。

クリストとの戦いで気づかなかったが、いつの間にか修練場に現れたノア様が、飄々とした涼しげな表情で、何故か木刀を片手に持って立っていた。

「ノア様……」

「……何でこんなところに？」

クリストと俺は互いに木刀を引いて姿勢を正し、ノア様のほうに向く。ノア様は俺の質問を黙殺し、クリストをねぎらう。

「クリストよ。なかなかの剣技だった。鍛錬の成果が窺えたぞ」

ノア様はクリストの肩に手を置く。

「あ、ありがとうございます」

「うむ、お主もさらに精進するのじゃぞ。此奴は儂が直々に懲らしめてやろう。少し下がっておるのじゃ」

一方的にノア様が宣言すると、その鷹のような目を俺に向ける。

それは天下無双の武人だけが備えた視線だった。真正面から放たれた恐るべき殺気に、俺の背筋をかつてない緊張感が走り抜ける。

　その場をクリストが離れると、ノア様の威圧感がさらに増す。

　ちょっとコレ、本気で怖いんですけど……俺、逃げてもいいすかね？

「小僧よ。そんな無手勝流では、いつまで経っても剣術の熟練度は上がらないぞ？」

「いや……真剣にはやっているつもりなんですがね」

　俺は頬をぽりぽり掻きながらノア様に反論する。

　しかし、どうにも歯切れが悪い。ノア様の指摘もある意味では的を射ているからだ。確かに、俺の剣術の熟練度は【剣術（中）レベル10】から伸び悩んでいた。剣術の中クラスのレベル10と剣術の大クラスのレベル1では、天と地ほどの隔たりがある。

　まぁ……俺は自分の才能の限界と諦めたいのだけど、どうやらノア様は許してくれないらしい。

「無意識に加減することを身体が覚えてしまったのかも知れぬな」

「では、どうすれば？」

「ほっほ。まったく面倒な奴じゃの」

「……あの、ノア様。面倒って、表情には見えないんですけど。どちらかと言えば、ウキウキしてませんか？　……俺の気のせいですよね？」

「いやいや、本当に面倒じゃぞ。この儂が自ら剣術の極意とは何たるかを叩き込んでやらねばいかんとはな！」

ノア様はそう言うや否や、その場から一瞬で姿を消した……かに見えた。

いや、そうではない。ノア様の必殺の一撃が、目にも留まらぬ速さで俺の脳天を目掛けて振り下ろされていたのだ。

俺は危うく瞬殺こそ免れたものの、勝負は実に一方的な形で幕を閉じた。

「イテテ……あの爺様は、手加減ってのを知らないのかね」

俺は頭に出来たたんこぶを撫でながら愚痴を零す。

相手が俺だからこそ、たんこぶくらいの怪我で済んでいるが、常人なら頭蓋骨が陥没していてもおかしくはない。

まったく、とんでもない爺様だよ。

そんなことを考えながら、俺は修練場の床の上をなんとはなしにコロコロと転がっていた。

「……」

……べ、別に、負けて悔しいというわけではないぞ？

ただ、ちょっと今は、気分的に転がっていたいだけなのだ。

「……っ！」

だが天井を仰ぐ俺の脳裏には、ノア様の姿が焼き付いて離れない。

コテンパンに負けて悔しいだなんて、本当に俺は、これっぽっちも思ってなんか……。

「……くそ！」

俺は胸の内側から湧き上がる思いを強引に打ち消し、知らず知らずの間にくだらない言い訳じみた考えで自分を誤魔化そうとしていた。

俺の口から今自然と漏れ出てしまった「……くそ」という言葉は、悔しいからじゃない。

……そう、ちょっとトイレに行きたくなっただけなんだ。

惨めな現実から目を背けるかのように、俺は床の上で無闇矢鱈と何度も寝返りを打つ。

「【プランク】以外の魔法が使えてたら、勝負は分からなかった」

事実、本当にそうなのだ。

これは負け惜しみや負け犬の遠吠えじゃない。

つまり、なんていうか、その……そう、客観的事実ってやつだよ！

王国随一の剣豪であるノア様が相手であっても、俺は時空間魔法とか氷魔法なんてすごい魔法が使えちゃうし。授業内の制約さえなければ、十分に対抗できていたはずなんだ。

にもかかわらず、この胸の内側からじわじわと溢れてくる感情は何だろう……。

「はぁ……虚しい」

その表現が的確かどうかは分からなかった。でも、言葉にするとそんなふうな感覚。俺は自分の得意分野においては、誰にも引けを取らない絶対の自信がある。けれども、剣術ではノア様の足元にも及ばないのか……。

上手く説明のつかない虚しさに苛まれながら、俺は溜め息を吐き独りごちた。

そこへ突然、大勢の人間の足音が聞こえてきて、俄かに修練場が騒がしくなる。

「あ……アイツです！　ラント先輩」

どこかで耳にした声が聞こえてきた。俺が起き上がって視線を向けると、なんと総勢三十人くらいの騎士学校の生徒が集まっているではないか。

「なんだ？　何か用？」

俺は嫌な予感に首を傾げつつ、ぞろぞろとこちらへ歩いて来る連中に問い掛ける。

すると、包帯で全身をぐるぐる巻いた変な奴が非難がましい言葉を発した。

「わ、忘れたとは言わせないぞ！　……あ、あれ……？　さっきまでは平気だったのに、なんだか急に……お腹が痛くなってきた」

「あー、昨日の学校帰りに、五人で俺を囲んで決闘を申し込んできた……ナルナル君だっけ？　アレ？　それともサバサバ君だっけ？　いや……チャット君だっけ？　えっと……何だったかな。ここまで出ているのに」

「ルフ・ナラディアだ！　全然合ってないじゃないか！　う……くそ！　すみません、ラント先輩、コイツ締めてください……俺、先輩……ちょっと、トイレに」

俺と顔を合わせるや顔色を悪くしたルフは、腹を押さえて内股のまま修練場を出て行く。

あぁ……そう言えば、ルフには俺に近づくとお腹が痛くなる【呪】を仕掛けていたんだ。

ルフがいなくなった修練場は妙な空気が流れていた。すると、ラント先輩と呼ばれていたスキンヘッドの奴はその場からいなくなったルフにツッコミを入れた。

「おい！　本当にトイレに行くのかよ……‼」

「あの、何の用ですか？」

今度は俺がラントに尋ねる番だ。

その質問を待ってましたとばかりに、ラントは不敵な笑みを浮かべる。

「俺の可愛い後輩が世話になったようだなぁ……？」

「あぁ……まったく本当だよ。いい加減にしてくれないか？　俺も暇じゃないんだから。可愛い後輩なら、ちゃんと世話しておけよ」

俺は溜め息混じりにラントへ文句を返す。

ラントはスキンヘッドに血管を浮き上がらせて敵意を剥き出しにした。

「そういうことを言ってんじゃねーよ！　話が噛み合わねーな！　もういい！　やっちまうぞ！　構えろ！」

ラントは周りの連中に目配せした。彼らはその命令を受けて俺とラントを囲うような態勢を作る。

その行動を見て、俺は顎に手を当てて感心する。

「ほー、なんだ、一対一でやり合うつもりか？」

「たりめーだろ。このラント様が年下相手に徒党を組むなんてそんな汚ねぇマネ出来るわけねーだろ！　コイツらは、お前が逃げないようにするためのもんだ！」

「そうか……。つい最近さ、無意識のうちに俺が力を加減してるって指摘されたばかりでね。ちょっと、試しに本気を出してみようと思うから、気を引き締めてくれよ」

俺の中で、何やらふつふつと怒りに似た熱い感情が湧いてきた。……どいつもこいつも俺の平穏な生活の邪魔ばかりしやがって。まあ、ある意味、丁度いい八つ当たりの相手かもしれないな。

俺は先ほどまで使っていた木刀を拾い上げて構えた。

いつの間にか、さっきまで心に沈殿していた虚無感が消えている。

……とっとと片をつけてしまおう。

奇声を上げて襲い掛かってくるラントに、俺は木刀を振り上げる。

――およそ数分後、修練場には三十人のむさ苦しい男達の屍の山が築かれることとなった。

第二話　春休みは幻想のようなものだった

今日は騎士学校も妖精の国での修業も休み。

というか、春休みに入っていた。騎士学校の休みは日曜日以外では年に二回、春と秋に長期休暇がある。春休みは半月ほど、秋休みはおよそ一カ月間だ。

騎士学校の生徒達は大抵この時期に里帰りする。だが俺の場合は帰省に片道一週間くらいの時間が掛かるため、実家に顔を出すのは秋休みだけにしていた。

そんなわけで春休みの間は、王都の別宅で惰眠を貪ろうという素晴らしい計画を立てていた。

「ふぁあぁぁぁ……お布団最高」

最近、新調した毛布の感触が心地好すぎて、なかなかベッドから起き上がれない。

まぁ……いずれにしても今日は休みなので、布団から出る気はさらさらないのだけど。

ローラにも昨日のうちから「午前中は、ずっと部屋で休んでいるから」と言ってある。

彼女は呆れながらも、渋々了承してくれた。

さて、もうひと眠りするかな……。

そんなことを考えていると俺の部屋のドアがノックされた。

トントントン。

「……」

俺は無視することを決め込み、布団に包まる。

「失礼します。あー、やっぱり寝てる」

この声は……リムか。

「なんだ、何か用か？　俺は二度寝を楽しんでいる真っ最中だというのに」

俺は布団に潜り込んだまま、メイドのリムに問いかけた。

「ふふん」

「なんだ。その自慢げな声は」

俺は布団から顔だけを出して、リムに視線を向ける。

「少しだけどあの籠手のことが分かってきたみたいなんだよ」

「は？」

「だから、少しなら『プシーカの籠手』を使いこなせるようになったって言ったの！」

「嘘か冗談のどちらだ？」

俺はリムの言ったことが理解できなくて聞き返す。ちなみに、プシーカの籠手は『聖具』と言われる七つの武器の一つである。

「違うから、本当にちょっと使えてるんだから」

「マジ？　嘘って言ってもいいよ？　別に怒んないから」

「マジだよ。あの籠手には、プシーカ・サン・シーという精霊が入っていて、放たれた魔法を吸収できる力があるんだよね」

「……」

「まだ魔法の吸収は下級魔法が限界みたいだけどね」

俺は無言のまま布団の中に顔を突っ込み、芋虫のように丸くなる。

――嘘だ。

俺もリムと同様に『リアンの短剣』という聖具を持っていた。俺はリアンの短剣を使いこなせていないのに、俺より後に聖具を手にしたリムが先に使いこなすなんて……。

「嘘だぁ～」

「ほんとだよー」

リムとこんなやり取りをしていると、またもや部屋の扉がノックされた。

トントントン。

「んー？」

「失礼します。ユーリ様。お客様です」

俺が再び布団から顔を出して返事をする。するとローラがお辞儀（じぎ）をして部屋に入って来た。

「……俺は今日忙しいから、また日を改めてくださいと伝えてくれる？」

「そうだよね。ユーリは今日、私の買い物に付き合ってくれるんだもんねー？」

「……いや、リムよ。俺はそんな約束をした覚えはないのだけど」

「もちろん、今から約束すればかまわないよね？」

「リムよ。今日忙しいから、また日を改めてくれ」

「忙しい!?　私には惰眠を貪っているだけに見えるけど？」

　俺とリムは二人してふざけた様子で軽口を言い合っていたら、ローラがピシッとした口調で諫めてきた。

「ユーリ様、リムさん、真面目に聞いてください」

「うわ……リムのせいでローラが激おこだよ」

「む……ユーリだって」

　俺とリムが怒られたことに対してどちらが悪かったのかを押し付け合っていたら……

ローラの顔が冗談抜きに怖いものになってしまっていた。

「二人とも」

「「……は、はい」」

　ローラに怒られて、俺は仕方なくそのお客様に会いに行くのだった。

◆

「げ、お客様って……アンタかよ」

「もぉ～アンタとはいけずねぇ。ユーリちゃんは」

　俺が応接室に入っていくと、ルンデルがソファに座って待っていた。彼（？）は、王都の冒険者ギルドを統括しているギルドマスターだが、その口調からも分かるように所謂オネエ系だった。正直なところ、屈強な体躯の男が体をくねくねさせている光景は、俺の精神衛生上よろしくない。

「それで用件は何なんだ？　俺は凄く忙しい身なんだよ？」

　俺はルンデルの対面のソファに腰を下ろし、溜め息混じりに問いかける。するとルンデルは、ゴツい腕で自分の肩を抱きながら、やれやれといった様子で答えた。

「うふん。せっかく貴方が欲しがっていたブラックベルの情報を集めてきてあげたっていうのに」

「そうか、よくやってくれた」

　俺は憂鬱な表情を仕舞い込み、ルンデルを褒め称えた。軽い笑みを浮かべる俺の顔を見て、ルンデルは呆れた声を出す。

「んもー。現金な子だこと」

「それで情報は？」

「分かったわ、せっかちね。私が調べた限りでは――」

ルンデルは数枚の資料を鞄から取り出した。俺はテーブルの上に並べられたそのうちの何枚かを手に取り、素早く目を通していく。

ブラックベルとは、ルーシー神を唯一絶対の神として信仰している組織らしい。本部の場所は謎に包まれているものの、一説によればシャンゼリゼ王国にあるのではないかと噂されていた。

その中で現在判明している主要メンバーは――。

『毒鬼』の二つ名を持つゼオル。長身で頬に傷があり、毒の扱いに長けているという。

次は『黒嵐』のデュフィ。黒豹の獣人だけにしなやかな筋肉を備え、鋭い爪で相手の首を素早く掻っ切る技を得意としているそうだ。

最後は『石塊』のグロット。二メートルを超える大男で土魔法を操る。その巨体から繰り出される攻撃は、周囲に地震を巻き起こしたという逸話がある。

「これだけか？」

俺は首を傾げつつ、ルンデルに尋ねた。

この程度の情報ならば、すでに俺自身でも入手済である。

「うふん、有力な情報はここからよ」

「なんだ、その気色の悪い目は……今すぐやめろ」

「もーほんとつれないわね」

「それなら、早くしようぜ」

「まずは貴方が口にしていたケルンという男。これまでこいつの情報はほとんど出てこなかったんだけど、今回の調査で獣人の国を襲った犯人が、そのケルンだというのが分かったのよ。しかもその時に、獣人の国で国宝指定されていた魔導具の『ケイリの玉』を盗んだのだとか。……その道具を用いれば、対象者を永遠の夢に閉じ込められるらしいわね」

『ケイリの玉』？　永遠の夢……？

少なくとも俺との戦闘時は手にしていなかったはずだが、もしも、それを使われていたら苦戦していただろうか。

「それで、これが一番の情報かな？　なんと、ブラックベルのクリムゾン王国支部のような場所を見つけたのよ」

ルンデルがドヤ顔で告げる。

「な……本当か？　でかした！」

俺は思わず立ち上がり前のめりになる。それはいくら調べても出てこなかった情報だった。

「うふん。まぁ……いろいろと調べた結果、その支部に潜入することに成功はしたんだけどね。でも残念ながら、もぬけの殻だったわ。だけどそこに、ブラックベルの信者が必ず持っているはずの教本が落ちていたのよ」

ルンデルは鞄から古びた本を取り出してテーブルの上に置いた。

俺はその古びた本を手に取ってペラペラめくっていく。

「それで……そのもぬけの殻だった場所は、どこだったんだ？」

「うふん……教えてほしい？」

「う……なんだ」

「やっぱりいい情報を得たいなら……。それ相応の対価が必要だと思わない？」

「なんだ？」

「いくつか片付けて欲しいクエストがあるのよね」

「俺は忙しいんだがな……とりあえず、クエストの依頼書を見せてくれ」

「うふん。この二つよ」

ルンデルは再び鞄から何枚かの紙を取り出してテーブルの上に載せる。


【クエスト】

チョウシの街から東北部にある草原に住み着いてしまったギガントオークの群れの討伐。

【完了条件】

ギガントオークの角を十本以上。

【クエスト】

ナルカの街の近くにあるカルート山の山頂付近に咲くナンミラという花の採取。

【完了条件】

ナンミラの花を十本以上。


「この二つか。チョウシの街とナルカの街なら王都から徒歩で半日くらいの距離だから、移動に問題はなさそうだが。でもこのクエストは、さすがに俺一人では難しいな。ギガントオークは確か難度Aだったから倒せなくないが、取り逃がす可能性が高い」

「うふん。その心配はいらないわよ。リナリーちゃん達のパーティーメンバーを連れて行けるようにしてあるわ」

「またリナリーか」

「信頼できる冒険者がいいんでしょ？」

「それもそうか。どのくらいで片付ければいい？」

「貴方ならそれぞれ一週間くらいかしら？　早ければ早いほどいいけど」

「……一応、期間についてはリナリー達と相談することにする」

「むふ。それがいいわ。一応は引き受ける方向でいいのかしら？」

「あぁ……仕方ないがな」

それから数日後、俺はルンデルが本当に面倒なクエストを押し付けてきたことを知るのだった。

「ぐはーちかれたー……」
俺はチョウシの街の居酒屋のテーブルに突っ伏していた。今は一つ目のクエストの完了条件であるギガントオークの角十本を手に入れて、リナリー達と居酒屋へ打ち上げにやって来ていた。
「ギガントオークの亜種がいるなんて聞いてねぇー。これはナンミラの花の採取クエストも先が思いやられるな」
ギガントオークとは、十五メートルの巨体を持つ魔法耐性の高いモンスターである。その亜種というのは、頭が二つあり腕は四本もある化け物だった。通常種でさえ、恐ろしい身体能力を有するというのに、その亜種となると視野も広がって攻撃の手数は倍に増える。

結果的には、なんとか【オートファージ】を使わずに倒せたものの、実に厄介な強敵であった。

【オートファージ】は自らの命を削って身体能力や魔力を超強化する捨て身の魔法なので、なるべくなら使いたくない。

「あの人――ルンデルは涼しい顔で無理難題を吹っかけてくることで有名なんだ。今回の依頼は、ギガントオークの亜種がいた時点でSランクのクエストだ。それをほとんど一人で片づけて、予定より二日も早く完了した。……少年は恐ろしいことを達成したんだぞ」

俺の対面に座っていたリナリーが、少し呆れた声で戦果を労う。

「そうですよ。戦いを見ていましたが、どっちが鬼か分かりませんでしたよ」

「……確かに、私がドン引くくらいの鬼神のごとき戦いぶりでした。これは本当に主要メンバーだけでよかったですね。あの戦闘を見たら、トラウマになる子もいたでしょう。特に、ギガントオークの体を真っ二つにした瞬間など……」

「ハハ。ユーリの強さは今に始まったことではないだろう。そんなことより、私の酒はまだかな？」

リナリーのパーティーメンバーであるルシア、シルもその意見に同意する。その一方で、ルースはどこ吹く風で自分の酒の注文を確認していた。

ちなみに今回のクエストには、リナリーのパーティーの主要メンバー四名に俺を加えた五人で挑んでいた。この五人が揃うのは、リナリー達がドジって盗賊達に捕まったのを助けて以来である。

「ルース、酒はほどほどにするんだぞ？　分かっているな？」

「リナリー、固いこと言うなっての。なーユーリよ？」

リナリーはルースの様子を気にして注意する。

しかし、ルースは俺に身体を寄せて笑いながら反論した。

「あーよいよ。今日はお前らが冒険者ギルドでAランクに昇格したお祝いってことで、俺の奢りだから」

ルースは頷きつつ、ご機嫌な様子で俺の頭をわしわしと撫でてくる。

「さすがユーリ！　そこら辺の男どもと違って、懐が深いぜ」

「おだてても何も出てこないからな」

「ハハ。それは残念」

そんな風に他愛もない雑談を交えていると、店の給仕が酒やら食べ物やらを運んできた。

「はーい、おまたせしました」

チョウシの街はニンニクが名産らしく、どの料理にもニンニクが使われていた。

ニンニクの塩焼きから始まり、肉と肉の間にニンニクが挟まったスタミナ串、卵とニンニクのスープ。唯一ニンニクが入っていない食べ物は、パンだけだった。

「それじゃあ……お前達、グラスは持ったか？　さあ、宴じゃ!!」

俺はグラスを掲げながら乾杯の音頭を取る。五人はお互いにグラスをぶつけ合った。俺とリナリー達は、それからしばらくの間、口をニンニク臭くしながらも宴を存分に楽しむのであった。

◆

ギガントオークの群れの討伐クエストを完了して数日が経った。

俺とリナリー達は、一度王都のギルドに戻って入手したギガントオークの角を預け、すぐにナンミラの花の採取のため、ナルカの街へ足を向けた。

ナルカの街へ行く途中で、先頭を歩いていたルースが突然立ち止まり振り返った。

「リナリー。これ……道を間違えたんじゃないか？」

「いや……そんなはずは」

訝しむルースに、リナリーは口元へ手を置いて考えるしぐさをする。

うむ。本来なら、とっくにナルカの街に到着している時刻である。

俺もルースの意見に同意だった。それに正直、歩くのが面倒臭くなってきている。

「……あ、そういえば」

「そういえば……なんだ？」

ふと、アルことを思い出して口を開く。すると、リナリーが俺に問いかけてきた。

「いや、三時間前に通り過ぎた分かれ道に道しるべの看板があっただろ？」

「うむ、少年もちゃんと見ていたよな？　こちらの道にナルカの街があると」

「うん、それなんだけど。……実は、気になっていたことがあって。というのは、看板の下の地面に、一回抜いて突き刺した跡があったんだよね」

「……」

リナリー達が腕を組み、重々しい表情で俺に視線を向けてきた。

急に深刻な雰囲気を醸し出した彼女らに俺は戸惑いを覚える。

「ん？　えっとなんだ？　どうした？」

「なんで、それを早く言わないいんだ！」

リナリーが責めるような口調で俺に詰め寄った。

「え？　あぁ？　けど、なんでなんだろうね？」

「……おそらくですが、間違ったほうに看板が向けられたのでしょう」

俺の疑問にシルが溜め息混じりに答えた。

ルシアが担いでいたカバンを降ろして心配そうに辺りを見渡す。

「あの、どうしますか？　このままでは暗くなってしまいますよ」

「そうだな。……先に川が見える。ここで野宿するにしても、川までは行こう」

「それがいいと思います。川があるということは近くに街があるかも知れませんからね」

俺達は川まで行くことに決めて歩きだした。

……あ、それともう一つ。

川に辿り着くと幸運にも街を発見し、今日のところはその街で宿泊する案に話が纏まる。

彼女らに打ち明けるタイミングを逃してしまったが、俺には他にも気になることがあったんだっけ。例の分かれ道の道しるべの看板があったところで、何者かからの視線を感じたんだよな。

まぁ……俺の気のせいであってほしいのだが。


今、俺達は道に迷った末に見つけたルフンという街を歩いていた。

そのルフンの街は土地の傾斜の影響か遠目では視界に入らず、気づき難い場所にあった。

その雰囲気は昔の日本でいうところの隠れ里を思わせた。

だが、それでも様々な人達が街を行き交い、意外なほどの賑わいを見せていた。

「まぁ……何にせよ、今夜は屋根の下で寝られるのだ。良かったではないか」

「確かに、野宿よりは全然マシだけど……。でもなんで、五人全員同じ部屋なん？　おかしくないか？　俺は別々の部屋にするように、前にも言ったはずだけど」

「いやいや、全然おかしくないだろ」

「いや、すごくおかしいだろ。そもそもさぁ……あの部屋、よく見たのか？　なんか三人部屋に無理矢理ベッドを二つ入れました、って感じだったぞ？　めちゃくちゃ狭く感じるのは俺だけか？」

「いいじゃないか。私はアレくらいアットホームな感じが好きだぞ？」

「いや、アットホームって言葉の使い方間違っているから。それ、信用しちゃいけないブラック企業を見分ける求人ワードだよ？」

「少年が何を言っているか不明だが……。しかしな。これは前にもどこかで話した通り重要なことなんで、改めてもう一度言うぞ？　冒険者のパーティーというのは、全員が日頃から団結していなければならない。つまり、その団結力や協調性を高めるのに最も手っ取り早い方法は、一緒に飯を食って寝る、に限るんだ」

「……くっ！　いや……」

　俺はリナリーのパーティーメンバー達に瞳で助け舟を求める。しかし、彼女らには状況を変える意志はないらしく、俺から一様に視線を逸らした。

「もう諦めてください。ユーリ様」

　シルはわざとらしく俺の肩を叩いて頭を振る。

あんな窮屈な部屋に押し込められて、まともな休息が取れるわけないだろう？　それにこいつらのペースに都合よく運ばれるのも癪だった。

俺は釈然としない感情を露わにしてシルに詰め寄った。

「いや、常識的に考えて無理だろ。そもそもお前らパーティーのメンバーがきちんと主張しないから、俺が言ってるんだぞ」

「まぁまぁ、まずは飯でも食いながら話せばいいじゃないか」

「そ、そうですよ」

ルースとルシアは愛想笑いを浮かべながら俺の背中を押す。

こうして俺は、なし崩し的に街の居酒屋に連れ込まれてしまった。


俺達は居酒屋に入ると適当な席を探した。

店の中は酔っぱらった陽気な客達でワイワイ賑わっており、その一角を堅気には見えないガラの悪い連中が我がもの顔で陣取っている。

俺達は彼らを刺激しないように、そこから少し離れた席に腰をかけた。無益な争いごとに巻き込まれるのは出来るだけ避けたい。

ところが、見知った顔があったので、逆にこちら側から彼らに挨拶をすることになった。

「オッチャンじゃん。久しぶりー！」

ヤッホーと言わんばかりの無邪気な声に、いかにも荒くれ者達の代表格とも言うべき人物――その集団の中で一番偉そうにしていたスキンヘッドの男ががなり立てた。

「なんだ？　この儂をオッチャンなどと言う奴はぁ！　はぁ!?　お前はぁぁ……!?」

男はイブスの街で起こった黒い魔物騒ぎの時に出会ったシンゲという盗賊だった。以前と同じように、耳を塞ぎたくなるほどの大音声である。スキンヘッドに血管を浮き上がらせ、身の程知らずの輩に目に物見せてくれようと、ジョッキを手にした腕を怒りで震わせていた。

「相変わらず……でっけえ声だな。オッチャン」

俺は片耳を塞いだまま、溜め息混じりにシンゲに応じた。

「なんだ？　クソガキ」

「この方を『火山のシンゲ』様だと知っての無礼か？　あん……!?」

「そうだぜ。やんのか？　あん？」

などと口々に言って、シンゲの周りの部下達が俺に絡んでくる。

俺は面倒臭いなと思いつつ、いっそのことトイレから出られなくなる魔法でもかけて黙らせてやろうかと考えた時、シンゲが取り巻き達を一喝した。

「黙ってろい！　馬鹿ども、下がっとれ！」

シンゲが怒号にも似た声を発すると、しおらしく部下達は身を引く。

それからシンゲは一人仲間から離れて、ズカズカと俺の目の前までやって来た。

「だから、声がでけえって、言ってんだろう？」

「相変わらず食えんクソガキのようだなぁ。本来なら厳しく教育してやるところじゃがな。しかし、お前をやるには骨が折れそうじゃ。ここは居酒屋じゃし、騒ぎを起こすのは良くないんじゃ」

「……教育って、盗賊に何を教えてもらうっていうんだよ？」

「あん？　クソガキ！　大人しく見逃してやろうって言っておるのに、なんじゃい、その言い草はぁ！　殺すぞ。あん？」

シンゲは俺の軽い挑発に頭の血管をよりいっそう盛り上がらせ、そのまま猛獣のような勢いで俺の胸倉を掴んで威嚇してくる。

そこへすかさずリナリーが焦った顔ですっ飛んで来て間に割って入った。

「おいおい、無用な争いは止めろ！」

「な……なんじゃ。ひ、久しぶりじゃな！」

予期せぬリナリーの登場により、シンゲは顔を赤くして俺の胸倉から手を放した。相変わらず、シンゲは女に弱いようだった。

「なんだ、止めに来ちゃったの？」

「なんで、わざわざ挑発するようなことを言う」

「ああ、スキンヘッドの血管がぴくぴく動くのが興味深くてな」

「悪質！　そんなことで挑発してたのか？」

「もちろん」

「馬鹿たれ……この通り、こいつが悪かった！」

リナリーは俺の頭をその腕で無理矢理下げさせると、自身も頭を下げた。

この状況の変化に拍子抜けしたのか、シンゲは頬を掻きながら「い、いいってことよ。けっ、飲み直しだ！」と言って踵を返して、自分の席に戻っていった。


一連の騒ぎにより騒然としていた居酒屋の店内は、シンゲが矛を収めることで普段の穏やかな活気を取り戻した。

俺達も元の席に戻ると、早速メニュー表に目を走らせて、皆で注文を検討する。

「ここの食べ物と飲み物はこんなに安いのか？」

メニューから顔を上げたリナリーがお姉さんを呼び止める。

「はい。この辺りはお客様の数も少ないですから。美味しい料理をお安く提供することで宣伝を兼ねているんです」

そうは言ってもかなり安い。

名物の鶏肉料理は、なんでもチキン半羽を辛ダレで焼いたものらしい。もし、それを王都で食べたら銅板六枚はするだろう。しかしここでの値段は銅板二枚なのだ。日本円にしたらおよそ二百円といったところか。酒の値段にしても、ルース曰く相場よりすごく安いそうだ。俺はよく知らないが、周囲の客達も売り切れを気にして、我先に注文を急いでいた。

俺達も店員に注文を済ませ、料理が出来上がるのを待っていると、焼き上がった鶏肉が香ばしい匂いを漂わせて運ばれてきた。

「チキンの辛ダレ焼きとトルティーヤです。熱いので気をつけてください」

頼んだ料理を両手一杯に抱えた店員は俺達のテーブルに次々に並べていった。

べらぼうに値段が安かったため、料理の質に不安はあったが、その見た目は実に美味しそうである。唐辛子とハーブのタレで味付けされたチキンの辛ダレ焼きは、思わず涎が零れそうなくらいだし、初めて見るトルティーヤも興味深い。

俺はトルティーヤを指さしながら、店員に視線を向けて問いかける。

「このトルティーヤってのは何だ?」

「これは店長が世界を旅している時に見つけたという料理ですね。トウモロコシをすり潰して作っています」

「へぇー、トウモロコシをねぇ」

「チキンの辛ダレ焼きと野菜を巻いて食べてください。すごく美味しいですよ」

「それは楽しみだね」

「ごゆっくりどうぞ」

店員が去っていくのを見送ると、リナリーが立ち上がって木のコップを掲げた。

「今日はお疲れ。宴だ」

「うぃー」

リナリーの音頭と共に俺達は木のコップを互いにぶつけ合って乾杯する。

普段、リナリーとルシアはお酒を飲まないのだが、ここでは飲むらしい。

俺だけ仲間外れも寂しいのでお酒を頼もうとしたら、ブドウジュースに変更されてしまった。……ちっ！　つまらねえな。

それならそれで俺は料理を楽しもうと、ふかふかのトルティーヤを手に取った。触れた感じはナンに似ていた。俺は、トルティーヤにチキンの辛ダレ焼きとキューリやトマトなどの野菜を載せて巻いていく。

さて、どんな味だろうか？

そんなことを考えながら一口かぶり付く。

「うま……！」

ジューシーなチキンから肉汁が零れてくる。印象としてはピリッとしたチキンの辛さが最初に来るのだが、野菜の甘味で緩和されていて食べやすかった。

リナリーとルシアも俺と同じものを食べてその美味しさに目を丸くしている。

「ひー、ここのエールはうめーな。私、ここに住みたいね」

「ほぁ……ワインも美味しい」

酒を片手に持ったルースとシルは、次から次へと追加を注文する。

その後も宴は止め処なく続いていくのだった。

◆

ユーリ達が宴を始めて少し経った頃。

ルフンの街のどこかの家の一室。

「今日の標的は、Aランク冒険者パーティー『ギアナの赤剣』とA級賞金首『火山のシンゲ』とその一派」

先ほどユーリ達に食事を給仕していた店員が、椅子に腰かけた老婆に向けて言った。すると、老婆は首を傾げる。

「ほぁ……『イブスの英雄』殿か？　いいねいいね。それにしても、Aランク冒険者とA級賞金首が一緒の居酒屋で飲んでるのかい？」

「あぁ……どうやら、知り合いのようでした」

「ふぇふぇ……いいんじゃないかえ。私らで二つとも美味しくいただいちゃおう」

「はい」

「両方とも大物だねぇ。睡眠薬を盛ったとはいえ、気を抜かないよう若い連中にも言っておきな」

「はい。早急に準備するように言っておきます。まぁ……もう眠っている頃だと思いますが」

「ふぇふぇ、盗賊の街に来たことを後悔するんだね」

「ふふ、そうですね」

店員は軽く笑って部屋を後にする。

老婆は手をこすり合わせながら、不敵な笑みを浮かべていた。

◆

「ん……？」

俺――ユーリが目を覚ますと、見知らぬ馬車に乗せられていた。

しかも妙に居心地が悪く、全身の身動きが取れない。それもそのはずである。両手両足に手錠と足枷を嵌められているのだから。

ぼやけた視界がはっきりしてくるに従い、自分と同様に拘束されたリナリー達とシンゲの姿が目に映る。

……え!? なんでこうなった……?

あまりの状況の変化に思考がついていけない。記憶が曖昧である。

俺はわけも分からないまま、ひとまず気持ちを落ち着かせようと、ルフンの街の居酒屋でリナリー達と食事をしていた時の光景を頭に思い描く。

確か……店でシンゲと会ってごちゃごちゃ言い合った後、妙に安いくせに味はめっぽう美味い料理を食べてワイワイ楽しく宴をしていたはずなんだが……。

そうそう、その後、眠くなっちゃって、ちょっとだけ休もうとテーブルに突っ伏していたら、そのまま寝てしまったんだった。単純に冒険の疲れが出ただけかと思っていたけど、どうやら、そうじゃなかったみたいだな……。

ようやく自分達の置かれた状況の把握が出来てきた時、俺達を見張っていた奴らの声が聞こえてきた。

「案外、大したことなかったな」

「そうだな。楽勝楽勝」

「Aランク冒険者とA級賞金首が今回のカモだと聞いた時は、内心、ちょっとビビっちまったもんだがな」

「そうそう！　いくら何でも、欲張りすぎだよ、ってな」

「女は奴隷として高く買ってもらえそうだし、Ａ級賞金首には金板二枚が懸けられてる。それに、あの金持ちそうなガキは身代金を取ってもいいしな」

「当分は金に困らなくていいな」

「そうだな」

「こら、お前ら。睡眠薬で眠っているとはいえ、油断するなと大ババ様が言っていたぞ」

「リラが調合した睡眠薬を強めに盛ったんだろ？」

「そうだが」

「さすがに起きねえよ」

なるほど、やっぱり俺達は睡眠薬で眠らされたというわけか。

でも俺だけは、以前から義母にあたるガートリン家の正妻さんに毒を盛られることがあった。そのため【毒耐性レベル２】を取得していたから目覚めてしまったんだな。

【毒耐性レベル２】は、ある程度の毒には効果的な耐性が出来て役立つのだが、同時に薬も効きにくくなるというデメリットがあった。

……で、これからどうするか？

見張り役の男達の声で確認できる限り、周りには俺達の見張り役として男が二人いて、馬車の御者に女性が一人ってところか？

――とりあえず、この馬車を制圧するしかないか。

奴らを相手取るには剣が欲しいところだけど、腰に下げていた短剣は奪われており、何も手元に武器になるものがない。

まあ、普通に殴るか。

俺は無魔法の【アルケミ】で手錠をバレないように外す。続けて上半身を静かに起こし、すぐさま同じ魔法で足枷を取り去った。

異変に気づいた男達の一人が慌てて仲間に知らせるため口を開く。

「な⁉　お前……！　なんで……ぐは」

間髪を容れず、俺は無魔法の【プランク】を唱えて脚力を強化すると、男との間合いを一気に詰めてその鳩尾に拳を打ち込んだ。

「手錠と足枷をどうやって……！」

隣に座っていた男は戸惑いながらも腰の剣を抜く体勢になる。だが俺は、男が握る剣の柄頭を押さえ込んで抜刀を封じ、もう片方の拳で男の顎を殴りつけた。

「なんだ！　どうした⁉」

御者の女性が異常事態を察し、馬車を止めて荷台に来ようとする。

俺は女性の背中に、見張り役の男から頂戴した剣を当てた。

「ハイ、ストップ」

「貴様、何者だ……」

「アレ？　店員やってたお姉さんじゃん。こんばんは」

「君は……」

お姉さんは俺の姿を凝視して目を瞠った。

まさか、俺のような子供に逆襲されるなんて度肝を抜かれたことだろう。

「ハハ、何驚いてるんだよ」

「どうやって動いて……拘束具は……？　薬が効かなかったの？」

「誰が、どんなスキルを持っているかなんて、分からないよね？　一応、俺、毒耐性あるからさ」

「毒耐性……その歳で」

「いろいろ喋ってもらえるかな？　とりあえず、俺の短剣を返してもらおう」

「化け物か……！　うぐ……私は何も喋ることはない」

お姉さんは口を固く閉ざすと急に足元をよろつかせた。俺は倒れそうになったお姉さんを抱きかかえ「おい、どうした？」と呼びかける。しかし、お姉さんは俺の声に応じるどころか、なんと口から泡を吹いて痙攣しているではないか。

状況を推測するに、お姉さんはどこかに隠し持っていた毒を飲んだらしい。

俺としては女性を見殺しにするのは嫌だった。どうするか検討した結果、毒を体内から取り除く治癒魔法の【ポイズンヒール】を使うことにする。初めて扱う魔法なので不安はあったが、躊躇っている時間はない。

俺は自分の傍に女性を横たえると、彼女の胸の辺りに手をかざして治癒魔法の【ポイズンヒール】を唱えた。即効性の猛毒のようだったので、念のために二度掛けしておく。ステータスを鑑定すると、解毒が成功していることが分かった。ま、すぐには目覚めないだろうが。

それから、馬車に乗っていた他の奴らを起こす。

リナリー達は強い睡眠薬を飲まされた影響で頭痛が酷いらしく、頭を押さえて苦しんでいる。そんな中、一人だけ平然としているシンゲだけが元気なデカい声を上げた。

「なんじゃ！　これは！」

「ほんと、声がデカい。他にも敵が潜んでいるかもしれないんだから静かにしろ……！」

空気を読まないシンゲを黙らせるため、俺は声に少し殺気を込めて言った。見かけ倒しではなく、相手の実力を推し量る能力もあるシンゲは、俺が発した只ならぬ気配を察して返答する。

「一体、どういう状況なんじゃ……⁉」

シンゲなりに地声を抑える配慮はしているらしかったが、それでも普通の人が日常会話を行う音量と大した差がない。

「ルフンのあの居酒屋で睡眠薬を盛られた。俺の仲間の冒険者達は奴隷として売り払い、オッチャンの首は賞金に換えるために。で、見ての通り、俺達は馬車で運ばれていくところだったってわけだ。まぁその計画も、俺のおかげで阻止できたけどね。感謝してくれていいぞ？」

「うぐ……そのようだな」

シンゲは縄で縛られた店員のお姉さんと男二人を交互に見る。多少の疑念を抱いているようだが、ともかく俺の話を信じたようだ。

「とりあえず、ルフンの街に引き返そうと思う。金目のものとオッチャンの部下は、まだ街にあるみたいだからな」

俺とシンゲのやり取りを耳にしていたリナリーが頭を押さえた姿勢で会話に割り込んでくる。

「……ぐぁ、頭が痛い……しかし、ここがどこだか分からない以上、ルフンへ戻るには時間がかかりそうだな。私達を罠に嵌めた連中は、わざわざ自分達のアジトまで道案内などはしないだろうし……」

「その心配には及ばない。すでに彼らは説得済みだ」

俺はリナリーにニコリと笑って見せた。

リナリーは俺の笑みの真意を汲み取って、何とも複雑そうな顔を作る。

「なるほど……分かった。では、こんな所に馬車を止めて誰かに不審がられる前に、さっさと街へ向けて移動したほうがいいな」

それから俺達は、相手の心を意のままに操る魔法で説得（？）した悪党一味の男性が御者をする馬車でルフンの街へと引き返した。


俺達はルフンの街の近くまで戻って来ると、いったん御者に馬車を止めさせた。

そこで街の様子を窺いながらシンゲに尋ねる。

「そういえば、オッチャンに聞いておきたいことがあるんだけど」

「なんじゃい」

「オッチャンの部下達って、全員、五体満足であったほうがいい？」

「どういうことじゃい？」

「いや、何人か減る可能性があるが、いいかってこと。その返答次第では、ならず者達を捩じ伏せてオッチャンの仲間達を救出する作戦難度が変わってくるんだが？」

「……あいつらは、所詮ごろつきにすぎん。それに単細胞の馬鹿どもじゃ。じゃが、儂にとっちゃあ、家族も同然なんじゃ。こんなこと頼める義理もないが、出来る限り、助けてやってくれんか。この通りじゃ……！　頼む」

シンゲはその場で頭を下げて土下座しようとしてきた。しかし、俺はシンゲの肩を掴むとその行為を押し留める。

「うむ……オッチャンの気持ちは十分に分かった。でも、この場面でオッチャンが土下座したら、ちょっとカッコ良すぎるだろ？　絶対、土下座なんてさせてやらない」

「なんじゃい、ほんと食えんクソガキじゃい」

「それに……ふぁ……眠いし、さっさと片づけてベッドで寝よう。あ、ちなみに言い忘れたけど……これは貸しだから」

俺は渋面を作るシンゲに対し、ニヤリと笑うと目の前に手を差し伸べた。

◆

ユーリ達が宴をしていた居酒屋。

そこには男性が一人いて、さらに彼の脇のテーブルにはユーリ達冒険者が所有していた金品が並べられていた。

そこへ老婆が杖をつきながら入ってくる。

「ふぇふぇ……なかなかの金品だねぇ」

「はい。そうですね。大ババ様」

「さすがは『イブスの英雄』と謳われているAランク冒険者の装備だね。魔物の素材が大量に使われているよ。査定が楽しみだねぇ」

舌なめずりでもするかのように老婆は言った。

「私としては『火山のシンゲ』が所有していた『炎のバトルアックス』の査定が楽しみです。かなり高価な魔晶石が付いてますよ」

「ふぇふぇ……そうだねぇ」

老婆は杖を立てかけ椅子に腰かける。そして、昔を思い返すように視線を外に向けた。

「それにしてもリラの奴は使えるね。いい買い物をしたよ」

「そうですな。昔、取り潰された薬師の家の娘でしたかな？」

「そうさね。リラの本名はリラ・ケールトン。ケールトン伯爵家と言えば、薬師の中でも名家中の名家さね。ただ、魔獣薬の製造に関わったっつうんで、あっけなく取り潰されてしまったんだって」

「はぁ……貴族様も大変ですなぁ」

二人がそんな会話をしていると、青年が慌てた様子で店に飛び込んできた。

「頭！　大ババ様！　大変です！」

「なんだ？　そんなに慌ててどうした？　ゼルン？」

男性がゼルンという名の青年に近寄っていく。ゼルンは肩で息をしながら現状を報告した。

「はぁ……はぁ……街の正門のところで、先ほど売りに出したAランク冒険者の連中とA級賞金首が暴れています」

「な……しくじったのか！」

「そのようです。どうしますか？」

「うむ……奴らの武器はここにある。力を出し切れないだろう。それに人質もいる。人数集めて潰すぞ！　俺も行く！」

男性はゼルンを連れ慌てて店を出ようとする。

だがそこで、カン！　と老婆が杖で床を強く突いた。

男性は振り返って老婆に視線を向ける。

「慌てるんじゃないよ。なんかおかしいと思わないかい？　……少数で正面から来るっていうのは」

「……陽動の可能性がある……と？」

「そう。仲間に陽動を頼んで、隠密行動に長けた俺が街に忍び込んでくる。そして、このように頭の背後をとってお終いにするっていうのが楽でいいよね」

そんな言葉と共に、何者かが背後から男性に剣を突き付けた。

その男――ユーリが現れたことで、居酒屋内はたちまち騒然となる。

「な……どこから」

「どこからって、そこにいるゼルン君がここまで道案内してくれたんですが？」

「ゼルン！　お前！　裏切ったのか！」

「いや、彼は裏切ってませんよ。俺がちょっと操ったんです。許してあげてくださいね。とりあえず、ゼルン君は寝ててよ」

ユーリがゼルンに視線を向け寝るように言うと、まるで操り人形の糸が切れたようにゼルンは床に倒れて寝息を立て始めた。

「こりゃ虎の尾……いや、化け物の尾を踏んでしまったようじゃ」

老婆はゼルンが本当に眠りについていることを確認して、視線をユーリに向けて目を細めた。

「化け物とは心外だな。こんな幼気な子供を捕まえて」

「ふぇふぇ、笑わせてくれる。……望みはなんだい？」

「ん？　要求？　要求なぁ……」

特に要求することが思い当たらなかったのか、ユーリは首を傾げる。すると老婆は呆れたように問いかけてくる。

「ここまでのことをしておいて、望むものを考えていなかったのかい？」

「ん……このまま戦闘を終わらせて……人質と金品を返してもらって、明日何事もなく街の外に出してくれさえすればいいよ？」

「なんだい、なんだい。欲がないね」

「いいよ。盗賊に対して正義を語る気はないし。面倒臭いし。春休みは有限だし。この件はこれで終わり」

　ユーリのあまりの言いように、老婆は驚きのあまり一瞬固まる。しかし、すぐに可笑しそうに笑い始めた。

「ふぇふぇ……面白いねぇ。分かった」

　老婆は一度頷いてユーリの要求を呑んだ。しかし、ユーリに剣を突き付けられていた男性は反対意見を口にする。

「大ババ様、信じてはいけない。俺達が油断したところを襲うつもりだろう！」

「まぁ……確かにその可能性はあるだろうね。ただ、今ここで皆殺しにされるのとどちらがいい？」

　ユーリは首を傾げて笑みを浮かべながら殺気を放つ。その殺気は屈強な体躯の男性を震え上がらせるほどのものだった。

　この一件はこうして幕を下ろすことになった。

　そして次の日、ユーリ達冒険者とシンゲ率いる盗賊団は、何事もなくルフンの街を出ることが出来たのだった。

◆

「なんやかんやあったが、ようやくナルカの街だな」

前方に見えてきたナルカの街を眺めながら、俺は独りごちる。

「なんやかんやでまとめきれる内容だったかな？」

すると、前を歩いていたリナリーが首を傾げながらそう続けた。

「まぁ……まさか、盗賊団が仕切る街があるとは思ってなかったよね。俺は興味深い体験をした」

「しかし、あそこを通る一般人に被害が出るやもしれぬ。シンゲさんの仲間の解放を優先して、あのまま戦って落としたほうがよかったのではないだろうか？」

「まぁ……やれなくもないが。これは昨日もあちらさんに言ったことだが、正直、面倒臭いし、俺の春休みは有限である。それに討伐したとしたら、もちろん戦果はリナリー達のものになったわけだ。そうすると、リナリー達の冒険者ギルドランクがSランクに上がるかもしれない。いくらリナリー達が強くなったとはいっても、Sランクになるのは荷が重いんじゃないか？　それに、頭数はあっちのほうが多かったんだ。生きて帰れただけでよかったんだよ。あとはノアの爺様かルンデルにでも報告して任せるしかないだろ」

「うぐ……それは、そうなのだが」

「くく……人員を動かす頃には、既にやつらは雲隠れしているだろうけど」

困っているノア様とルンデルを思い浮かべながら笑う。すると、リナリーは頭を抱えながら溜め息混じりに零した。

「そこまで分かっていて……君という奴は」

「ふふ、リナリー、今更ですよ」

「そうですね、今更ですよ」

「リナリー、仕方ないぜ」

呆れるリナリーに対して、ルシア、シル、ルースの順で少し諦めたように続ける。すると、リナリーは頭を掻きながら反論した。

「お前らも……お小言を言われる私の身にもなってくれ」

リナリーの愚痴が長くなりそうだったので、俺は彼女の背中を叩いて言う。

「ほら、ナルカに着いたよ。宿取るぞ。今日はシングルだからな」

こうして俺達はナルカの街に入ったのだった。


ナルカに到着してからすぐに宿に入った。そして荷物を置いてから、街の中をリナリーとルシアの三人で散策する。

「なんか、こぢんまりとした街だな」

俺は二人より前を歩き、街の中をキョロキョロと見回しながらぼやいた。すると、その独り言にリナリーが答えてくれた。

「まぁ……ここら辺は夏くらいまで雪が残っているから、作物が育ち難い環境でな。この規模が限界なんだろう」

「確かに、コートだけだと寒いな」

正直なところ、火魔法の【ヒーター】を使えば解決するのだが、自分を超強化する【オートファージ】を使っていない状態だと同時に使用できる魔法は三種類に限られている。

このあたりは強い魔物がいるようで、その少ない三枠を【ヒーター】で使い潰すのは避けたほうが良いというのがリナリーの意見だった。

「そうだろうな。少年の格好は見ているこっちが寒くなる。だから、ここで装備を整えよう」

「そうですね。山登りに必要な備品を揃えましょ」

リナリーとルシアは俺の背中を押して、登山用の防具などが置いてある防具屋に入っていった。

ナルカの街の防具屋は小さいながらもカルート山の麓にあるだけあって、登山用のものが多く置かれていた。

「おいおい、このジャンパー……フードのところに熊の頭が付いているぞ！　すげえ！」

店に並んでいた防具の中で、気になった一着を手に取った。それを見ていたリナリーが
ジャンパーを指さしながら口を開く。

「ドーリベアーの毛皮で作ったものだな」

「よしよし、これに決めた！」

「本当にそれでいいのか？　確かに暖かそうだけど……なんていうか……」

これにしようと頷く俺に、リナリーが渋い表情で言ってくる。

「なんだよ？」

こんなにかっこいいジャンパーのどこに不満があるのか。

不満げな視線をリナリーに向けると、横からルシアが覗き込んできて笑った。

「ふふ、なんかかわいいです」

「そうだけど、緊張感が薄れないか？」

同意しつつも若干呆れ気味にリナリーが言う。

俺は二人の意見を無視して、「いいんだよ。これで」と言って購入した。

買い物を終えて防具屋を出ると、通りで何やら騒ぎが起こっているのに気づいた。

「お願いします。ナンミラの花を採ってきて欲しいんです！」

「その依頼で何人の冒険者が死んでいったか。最初に冒険者が失踪してから、その冒険者を捜索するために送ったAランクのパーティーも帰ってこないんだぞ！」

「それでも、どうか……」

「今はあそこには近づかないほうが良い。リアナ、アンタには世話になったが……俺らはこの街を出ることを決めたんだ。これ以上関わらないでくれ。行くぞ、お前ら」

「そんな……」

冒険者らしき風貌の男性達は、リアナと呼ばれた女性を一人残して立ち去っていく。

俺は、しゃがみこんで涙を流していたリアナに近づいて声を掛けた。

「どうしたんだよ？　大丈夫か？」

「すみません。大丈夫です。貴方達は？」

「冒険者だよ。ちょっと話聞かせてもらえる？」

ルシアには荷物を持って宿に一旦帰ってもらい、俺とリナリーはリアナが働いているという診療所で詳しい話を聞くことになった。

「なるほどな。ここ一カ月の間にAランク冒険者パーティーを含めて、四つのパーティーが帰ってこなかったわけか」

「はい、そうです」

リアナからカルート山で起こっている出来事のあらましを聞いた。

俺はリナリーに視線を向けて問いかける。

「まじか、リナリーよ。Aランク冒険者のパーティーが帰ってこなかったなんて、そんな事件聞いてなかったけど」

「いや、私も初耳だ」

「ほんと?」

「本当に決まっているだろう! パーティーに危険が及ぶようなことが分かっていたら、そもそも依頼を受けない!」

「ということは、ルンデルの奴……隠してやがったな。亜種のギガントオークの一件といい……これもSランク案件だろうが」

「しかし、クエストを受けてしまった以上、何もしないわけには……」

「社畜(しゃちく)おつ」

俺とリナリーは互いに苦悶(くもん)の表情で会話をする。その様子を不思議に思ったのか、リアナが問いかけてきた。

「あ、あの貴方達は?」

「あー俺達は……」

「我々は王都の冒険者ギルドの依頼で来たんだ。カルート山の山頂付近に咲くナンミラという花の採取をしてこい、と」

俺が言いづらそうにしていると、代わりにリナリーが俺達がここに来た理由を説明してくれた。

「本当ですか！」

「待て待て。しかし、ギルドはクエスト難度の査定を誤ったようだ。話を聞く限り、このクエストは先ほどこの少年が言った通り、Sランクの冒険者パーティーの案件だ。残念ながらAランクの我々に達成できるか分からん」

喜び前のめりになるリアナの肩を押さえ、リナリーが首を横に振った。

「……あの、もしSランクの冒険者パーティーが来てくれるとしたら、どのくらいかかるものなんですか？」

「それは、分からない。Sランクの冒険者パーティーは数が少ない上に仕事も多いからな」

「そうですか……」

「なんでそこまで必死なんだ？　ナンミラの花っていうのがそんなに必要なのか？」

がっくりと落ち込むリアナに、リナリーが問いかけた。

あーその質問は……ダメだよ。面倒臭いフラグが立っちゃうよ。

リナリーが問いかけると、リアナがスッと立ち上がり、診療室の奥の扉を開いた。そこにはベッドがあり、一人の女性が横たわっていた。

「このカルート山の頂上で採取できるナンミラの花。その花を調合した薬でなければ、私のお母さんの延命が望めないのです」

「なるほど、そういうことか……少年」

「分かった。分かったよ。そんな目で俺を見るなよ。やりゃいいんだろ？　ちなみに聞いておくが、その病気の治療に使える薬は他にないのか？」

「ありません。少なくとも私は知りません。以前、ポワセル王国の聖女様が、お母さんと同じ病気で床に伏していた王子様を治癒魔法で完治させたと聞いたことがありますが……。聖女様は他国の貴族令嬢で、高位の治癒魔法の使い手……どれだけのお金を要求されるか。少なくとも金貨千枚はくだらないでしょう。年に金貨十枚ほどの稼ぎしかない私には、とてもじゃないけれど払えない額です。だから……どうかナンミラの花を採取してきていただけないでしょうか。お願いします！」

「はぁ……分かった。そのクエストを受けよう。依頼金は……そうだなぁ。金貨十枚でどうだ？」

「少年、さすがに……」

「リナリーは黙ってろ」

口を挟もうとしてくるリナリーを制す。まぁ……確かに金貨十枚っていうのは、リアナの稼ぎからしたら高額だろう。

「分かりました。お金は払います」

「分かった。面倒だがやってやるよ。ふぁ……ん?」

「よろしくお願いします」

リアナは欠伸を抑えようとした俺の手を握り、深く頭を下げたのだった。

◆

翌日、日も出ぬ早朝からナルカの街を出て、俺達は山登りを開始した。

「て……俺の荷物、多くないかな?」

山登りを始めて五分後、パーティーの一番後ろを歩いていた俺が隊列の前方へ疑問を投げかけた。

「いや、気のせいではないか?」

俺の疑問に対して、リナリーが惚(とぼ)けた返事をする。

「いや、気のせいではないいな」

「ちゃんと腕力順で荷物の量を決めているだろ?」

「いや、その決め方は駄目だよ。平等じゃない」

「不平等ではないだろう？　私は外見に惑わされない鋭い洞察力を身につけていきたい」

「いや、なんだ？　その宣言は？　意味分かんないだろ？」

「そんなことよりも、この山に向かったAランクの冒険者が帰ってこなかったのだ。警戒を怠るんじゃないぞ」

「あぁ……もちろん……って、今その話はしてないだろう？」

「呪いだの、祟りだのと噂されていたが、私はなんらかの強力な魔物の仕業を疑っている」

「あの、リナリーさん、俺の荷物の件は話し合ってくれるとかないんだ」

その後も俺は荷物の分量について不平等を訴え続けたが、誰も取り合ってくれず仕舞いであった。


山登りを始めて六時間後、周囲に霧が立ち込め始めた。

さらに悪いことに、冬の間に降った雪が溶けずに山道を覆っている一帯に差し掛かった。歩き難いことこの上ない。

その時不意に嫌な予感がした。頭を上げた俺の脳裏に、スキル【危険予知】の警戒音が響き渡る。

「……なんか来る！」

俺の声に反応してリナリー達が素早く武器を構えた。ところが周囲は霧が出ており視界が悪い。状況を打開しようと、俺が風魔法で霧を吹き飛ばそうとした矢先だった。

上空の霧が不自然に揺らめいて、風を切る音が耳に飛び込んできた。

「エアー……【シールド】」

嫌な感じがしたため、俺は咄嗟に魔法を切り替えて上空へ無魔法の【シールド】を展開する。すると【シールド】に何か鋭い物が衝突した音が響く。

次にシルが俺の代わりに風魔法の【エアー】を使用したことで視界が開けた。そこでようやく俺の【シールド】を叩いているものの正体が判明する。

「な……ワイバーンか⁉」

隊列の一番前にいたルースが驚愕の声を上げた。

「……しかも、複数体いそうですね。こちらには対空用の武器が少ないです。制空権はあちらにあります」

「……撤退を検討するべきです。リナリーさん」

シルとルシアが落ち着いた声でリナリーに意見する。

リナリーは一瞬思考を巡らせた後、俺に真顔で問いかけた。

「うむ、そうだな。私達の意見は一時撤退だ。少年はどうだ？　やれそうか？」

「もう一度山を登ってここまで来るのは面倒だな。ちょっと、どのくらいのワイバーンがいるか確認するか……【エアー】」

俺は辺りの霧を強風で吹き飛ばした。すると、上空を飛ぶ四十体以上のワイバーンを確認した。

「うわぁ、戦うの面倒だな。これはリナリー達の意見通り撤退がベターだけど……あー」

とその時、俺はある名案を思いついて膝を打った。その様子にシルがまたかといった口調で問いかける。

「なんですか？　悪知恵でも閃いたのですか？」

「悪知恵って酷くない？　せっかく良い案を思いついたのに」

「それで良い案とはなんなのだ？」

俺がシルに反論していると、差し迫った状況だけにリナリーが答えを急かしてくる。

「俺達のクエストはナンミラの花の採取だ。つまり、ワイバーンを倒す必要はない。だから【シールド】を張りつつ、山登りを続けたら問題ないだろう？」

俺の作戦について、リナリーや他のメンバーも考えを巡らしている。その中でリナリーが率直な疑問を投げかけてきた。

「ちょっと待て……魔力切れになったらどうするんだ？」

「そんなもん。そうなる前に穴を深く掘って隠れたらいいだろう？」

「な、なるほど、それは名案だ」

「だろ？」

「……」

一瞬、リナリー達が押し黙り、微妙な空気が流れた。俺はその間に若干の違和感を覚えつつも、彼女らの顔を見渡すと、何事もないように尋ねた。

「ん？　どうしたんだよ？」

「しかし、少年は本当に見たままの人間ではないんだな。一度、頭の中を開いてじっくり覗いてみたいものだ」

「なんつう恐ろしいことを……」

前にいたリナリーとルースが頭を押さえながら素直な感想を述べる。

「それにこのままワイバーンを倒したらルンデルの思うつぼだろ。俺は何よりも、それが癪に障る」

「……」

「ルンデルに喧嘩を吹っかけているようで、私は少し肌寒くなってきたのですが」

俺が眉間に皺を寄せてると、リナリーがあからさまにドン引きして押し黙った。そんなリナリーの代わりにシルが身震いさせながら言った。

「肌寒いのは山のせいさ。どんだけルンデルを恐れてるんだよ。そんなことより、さっさと行くぞ！」

それから俺達は二日かけて、なんとかカルート山の山頂に咲いていたナンミラの花を採取すると、ナルカの街へ向けて下山したのだった。

カルート山からユーリ達が下山した次の日。

その日は珍しく雲の隙間から太陽の光が射していた。

「お母さん、薬作ったよ」

リアナは母親が寝ている部屋に入ると、目を見開き固まった。

「な……お母さん！　体にさわるから寝てないと！」

リアナの視線の先には、ベッドから起き上がって窓の外を眺めている、病弱だった母親の姿があった。

「治してもらったんだよ。リアナ、今までありがとうね」

「……っ！　お母さぁあん！」

何が起こったのだろうか。リアナは一瞬わけが分からず戸惑ったが、それよりも湧き上がる感情を抑えきれず、母に走り寄る。

そして大粒の涙を零しながら母に抱きついた。

「母親は大切にしてやりな」

スキル【隠匿】で完全に気配を消していたユーリは、二人の姿を見て独りごちる。

そして、静かに部屋を後にしたのだった。

◆

「っイツツ、頭イテェ……」

俺はズンズンと痛む頭を手で押さえた。

やはり普通の状態で治療魔法【ハイヒール】を使うと、魔力の減りが半端ない。

今日一日、ほとんど魔法を使えないなぁ。

まぁ……俺の魔力が尽きる前にリアナのお袋さんが治ってよかったよ。これでクエストは完了した。

「それにしても、サービスし過ぎたかな。正規料金の百分の一っていうのは」

俺は昨日ナンミラの花を渡した時に受け取っていた金貨を指で飛ばして、落ちてきたところをぱしっと掴んだ。

まぁいいか……。

宿に戻ると、リナリーが鞄を寄越しながら声を掛けてくる。

「あーようやく帰ってきた。さっさと帰るぞ」

「うへ……少し休みたかったんだけど」

俺はげんなりとしつつも鞄を受け取った。

リナリーの後ろからぞろぞろと他の仲間が顔を出す。

「まったく何してたんですか？」

「そうですよ」

「どうせ、女でもタラし込んでいたんだろ？」

シル、ルシア、ルースの順で責めるように問いかけてくる。そして俺の答えを待つまでもなく、リナリーを先頭に彼女達はそそくさと歩き出した。

「まぁ……行くか。ここに長居する必要もないし。あー早く家に帰って風呂入りてぇや」

俺は鞄を背負って歩き出す。

そのまま俺達が街を出ようとした、その時だった。

「ありがとう」

背後から聞き覚えのある声。振り返ると、そこにはリアナが立っていた。

よほど急いできたのか、肩で息をしている。

「ん？　どうした？」

「お母さんを、助けてくれてありがとう」

リアナがあまりにも真っ直ぐ礼を言ってくるもんだから、ちょっと恥ずかしくなって思わず頬を掻きながら返す。

「何のことだかさっぱり分からないが、病気が治ったのならよかったんじゃないか？」

「うん……うん！　ありがとう！」

「じゃ……またな。もう帰るとするわ」

俺は踵を返して別れの挨拶を言うと、軽く手を上げる。

そして、前を行くリナリー達を追いかけるように街を後にしたのだった。

リナリー達に追いつくなり、「タラシ」と一斉に言われてしまった。

◆

すべてのクエストを完了してから数日後、俺はギルドマスターの執務室に呼ばれていた。

ソファに座り、俺はルンデルに視線を向ける。

「すべて、クエストはこなしたんだから、さっさと情報を教えてくれないか」

「うもぉ。可愛げのないボクだこと」

「アンタに対して可愛らしく振る舞う必要なんてないだろう。面倒なクエストを押し付けやがって。本来はSランクの冒険者が片付けるクエストじゃないのか？」

「うふん。そうだったかしら？」

「惚けやがって……」

「そんなことより、盗賊の街ルフンとカルート山にワイバーンがいたって報告は有り難いんだけど、ついでにやっつけちゃってもよかったのよ？」

「俺はアンタの思惑通りに動くのが嫌だったんだよ。この件はアンタがなんとかするんだな」

「ほんとつれないボクだこと。まぁいいわ、それでブラックベルがクリムゾンの支部としているのはここよ」

ルンデルは一枚のメモを取り出して渡してきた。

ただ、そのメモを見て俺は思わず間の抜けた声を上げる。

「……は？」

そのメモに書かれていたのは『王都南地区兵士駐在所の右隣の赤い屋根の家』だったからだ。まさか、堂々と兵士駐在所の隣に賊の隠れ家があるとは……。

「ほんとか？　この情報は？」

「ほんとよぉ。私が嘘つくメリットがないでしょう？　私だって驚きよ」

「分かった。すでに何も残っていないんだろうけど、一応行ってみるよ」

俺はメモを火魔法で燃やして握り潰すと、ソファから立ち上がる。だが、ルンデルが俺を呼び止めて忠告した。

「あの場所は日の高いうちに行くと巡回中の兵士に出くわしちゃうかも知れない。厄介事を避けたいなら、夜のほうがいいわよ？」

「ん？　あーそうだな。分かった」

「うふん。よかったら、私も付き合っちゃうわよ？」

「丁重にお断りする」

俺はそう言い残して執務室を立ち去った。


ギルドに行った翌日の午前一時頃。

俺は自室のベッドで目を覚ますと、欠伸を噛み殺してゆっくりと起き上がった。

クローゼットの中から冒険者服と黒のコートを取り出して着込んでいく。

はぁ……もし賊の隠れ家で敵と鉢合わせして顔を見られたら面倒だしな。

俺は溜め息を零しつつ、コートのポケットからカーニバルで買った仮面を取り出して顔に付けた。短剣を脇の下に吊るし準備を終えるや否や、時空間魔法の【ロングワープ】で屋敷の屋上へ転移する。続けてオリジナル魔法である【ムーンウォーク】を使用した。

こうして俺は屋根の上を音も立てずに歩きながら、目的地の王都南地区兵士駐在所まで移動するのだった。

南地区兵士駐在所にたどり着くと、俺は物陰に身を潜めた。

息を殺しつつその様子を観察する。どうやら兵士駐在所には四人の兵士がいるようだ。

彼らはトランプのようなカードゲームに興じており、警戒の心配はあまりなさそうである。

視線を兵士駐在所から隣の建物に移すと、ルンデルから聞いていた通り、確かに赤い屋根の家があった。

……アレか。どうやって侵入しよう？

ざっと見た限り、正面玄関は通りから丸見えだ。となると、いくら姿が視認し難くなる魔法があるとはいえ、堂々とそこから侵入するのはリスクが大きい。

んー、どうしようかなあ……。

なんとか上手い突破方法はないものか。俺が首を捻っていると、建物の屋根から伸びる一本の円筒状のものが目に映った。

あ、煙突がある……。

真夜中とはいえ、俺には熟練度は低いが【夜目】のスキルがあるため、暗闇で光がなくても多少は物の姿を捉えることが出来るのだ。

俺は時空間魔法の【ショートワープ】を使用して赤い屋根の煙突の上に転移する。

煙突の中を覗き込むと煤が溜まっていた。随分前から使われていないらしい。

しめた……！　ここから室内に侵入できるぞ。

【ショートワープ】の使用には一定の条件がある。それは現在地から移動先まで遮る物がなく可視であること。この条件を満たしていないと魔力の消費が激しい上、移動距離が短くなってしまうのだ。

俺は再び【ショートワープ】を使い、赤い屋根の家の室内に侵入した。

服に付いてしまった煤を払いながら周りを見る。

壊れた椅子や机が転がっているばかりで、床にはかなりの埃が溜まっていた。

随分前から放置されていたことが分かる。

しかし、ところどころ埃の上に足跡が付いている。誰かが……いや、確かルンデルの部下が調べに入ったんだっけ？　そう言えば、忘れていた。

うむ……手掛かりになりそうなものはないだろうか？

少し歩き回って探ってみるが、特に何もないようだ。

「はぁ……もう眠いし帰るかな」

諦めかけて暖炉に足を向けた、その時である。

ギシ……。

「……ん？　んん？　ここだけ床の軋む音が違う気がする？」

しゃがんで床を叩いてみる。すると、そのあたりだけ床下が空洞であることが分かった。

念のため音魔法【サウンドサーチ】で調べてみる。どうやら地下へと続く階段のようなものがあるらしい。

しかし、どうやって行くか。

おそらく開閉するようになっているのだと思うけど……。

しばらく探ってみると、床が欠けたところを発見する。そこに指を引っ掛けて床を持ち上げてみたところ、人一人通れるくらいの地下への階段が現れた。

警戒しながら階段を下りていく。

そして、階段の下まで降りていくと扉が見えた。その扉に耳を近づけてみるが、音もなく人の気配もない。

念のため、再度音魔法【サウンドサーチ】で扉の向こうを探ってみるが人らしき影もない。

俺はそーっと扉を開け、中に入った。

室内にはソファが二つ、ローテーブルが一つあるだけ。とても質素な部屋だった。

しかし、上の部屋と違って埃が溜まっていない。そしてつい先ほどまで誰かがいたと思しき匂いがある。

まさか俺が探索に来たのを察知して逃げ出した？　この短時間で？

その考えに至って、思わず頭を掻いて独りごちる。

「まずったな。面倒な奴がいるかもしれない」

俺は見た目ただの子供に過ぎない。さらに普段からスキル【隠匿】で気配とステータスを偽装している。

その俺に対して、逃げを選んだことに驚愕を覚えたのだ。

鈍い奴なら、たかだか子供が拠点に立ち入ったぐらいでわざわざ逃げ出さない。

それよりも捕まえて殺してしまったほうがいいだろう。

そうしなかったということは、俺の力量を正確に測ったものがいるということになる。

追う側としては面倒この上ない。

「あぁ……面倒臭い。骨折り損のくたびれもうけじゃねぇか。なんかないのか、手掛かりは！」

結局、その後も地下室を探し回ってみたが、外に出るための隠し通路ばかりで何の手掛かりも残されていなかった。

◆

ここはどこか隠れ家のような場所。室内のソファには、ルンデルが調べていたブラックベルのゼオル、デュフィ、グロットの三人が腰をかけて話していた。

「……ふぅ。私らのアジトは完全にバレちまったよ。隠し通路がいっぱいある良いアジトだったのに惜しいね」

「あんな子供一人、取っ捕まえちまえばよかったじゃんよ」

安堵した様子のデュフィに対して、ゼオルが眉間に皺を寄せる。

「絶対ダメ。アレは子供の姿を借りた化け物だよ。私の野生の勘が言ってんだ」

「いつもは俺らの中で一番好戦的なデュフィがそこまで言うなんて珍しいじゃんよ。明日は毒の雨が降りそうだぜ」

「毒はない」

今まで黙っていたグロットが口を挟む。ゼオルはグロットに視線を向けて睨みつける。

「うるさいじゃんよ。言葉の綾じゃん。しかし、ただの子供だったじゃんよ、隠し窓から覗いて確認した侵入者は」

「実力を隠していたんじゃねーかな？」

デュフィがゼオルの疑問に答える。それを聞いたゼオルはぽかんとした表情になる。

「は？　俺が気づかないほどの【隠匿】を子供が習得してるわけないじゃんよ」

「それが本当ならとんでもない野郎だ……」

「間違いない。私が爪を立てる気すら起きないレベルさ」

半信半疑の様子のゼオル、グロットにデュフィは断言した。

「それでも、地下室にあるからくりを使って遠隔で毒の雨を降らせればよかったじゃんよ」

「そんな小細工が通用するものか」

「……ゼオル。デュフィがここまで断言するのだ。さあ、先ほどの話の続きを」

「あんま納得してないけど、そうだったじゃんよ。最重要指令じゃんよ」

グロットの指摘にゼオルは懐から手紙を取り出した。その手紙の封蝋を机の上に載っていたナイフで切ると、何も書かれていない便箋が一枚出てきた。

「グロット、皿に水を入れてくれ」

「あぁ」

グロットはゼオルに頷き、懐から動物の皮で作られた水袋を取り出す。そして中の液体を机の上に置いていたカレー皿サイズの木の皿に注ぎ入れた。

「しかし、面倒だねぇ」

デュフィは髪を弄りながら脚を組み直して不平を呟く。

「仕方ないだろう」

「指令の暗号化と隠匿化は必要じゃんよ」

グロットとゼオルがデュフィを睨みつけて口々に言った。

ゼオルは肩を竦めつつ、やれやれといった調子でその真っ白な手紙を怪しげな液体の上に浮かべる。

「おいおい、面倒臭いことばかりだねぇ。特に……」

デュフィは、水に浮かべて浮かび上がった一文を指さしながら笑みを浮かべた。

すると、ゼオルも腕を組んで感心したように頷く。

「ほう、ケルン様がやるはずだった国崩しを、アンリエッタが引き継ぐと書いてあるじゃんよ」

「大丈夫なのかね。アイツ、気分屋だからね。任務をほっぽり出しそうだよね」

「お前に言われるのは心外だろうが、確かに不安じゃんよ」

「しかも、私らはベルホール様の護衛なんだろ？　つまんね」

「……山の中で探し物をするだけなのに、人員を割きすぎのように思えるじゃんよ。俺達のほかにグレン様とハウトール様の幹部連中も同行って、何かあるんじゃんよ」

「それもそうだね。これだけの幹部が動くとなると、本部機能は停滞するかもなぁ。最近、ブラックベルへの入信者が増えたって聞くけど、実際は四カ国同盟に不満を抱えているチンピラみたいな奴らばかりで、役に立つ奴は少ないし」

デュフィとゼオルの会話を聞いていたグロットが、机を叩いて二人を睨みつけた。

「お前達……。これはベルホール様が望んだことであろう。あの方の望みこそ、ルーシー神の御心なのだから。余計なことに気を回す必要なし」

「はいはい、ベルホール様ラブのグロットさんよ。じゃ……私は持ち場に戻るとするよ」

「まぁ定例会議もこれで終わりじゃんよ」

グロットに睨みつけられたデュフィとゼオルは特に気にすることなく、ソファから立ち上がって部屋を出て行く。

「はぁ……信仰心のない奴らめ……」

グロットは部屋に残って一人溜め息を吐く。

やがて立ち上がると、同じく部屋を後にしたのだった。

第三話　妹

春休みが終わり、早くも一週間が過ぎた。

俺はその日の放課後、ウエーノ港の釣り場でディランと一緒に釣りをしていた。

黄昏(たそがれ)時の空はオレンジ色に染(そ)まっており、辺りには一日の終わりの気配が漂い始めている。

「はぁ……」

穏やかな海面に向かって釣糸(つりいと)を垂(た)らしながら、俺はその空を見上げて大きく溜め息を吐く。

ギルドマスターのルンデルから押し付けられた面倒事のせいで、春休みのほとんどが潰れてしまった。悔やんでも仕方がないが、休みの間は怠惰に過ごすという計画はすっかり台無(だいな)しである。しかも、依頼されたクエスト達成の見返りに得たブラックベルの情報からは、然(さ)したる成果も上げられていない。

さらに俺は現在、なんとも煩(わずら)わしい状況に巻き込まれていた。ノア様から騎士交戦の代表者に選定されて以降、俺とニールは騎士学校内で徒党を組んだ連中に四六時中狙(ねら)われたり、決闘を申し込まれたりしているのである。

最初のうちは決闘状が送られてくるレベルだった。指定された場所に行くと、複数の生徒に囲まれるなんてオチも珍しくない。何故か上級生も混ざっていたが、それにしたって可愛いものである。

最近ではいつまでたっても負けることがない俺とニールに業を煮やしたのか、あからさまに卑怯な闇討ちを仕掛けてくる生徒まで出てきた。挙げ句の果てには、親の財力を使って、百戦錬磨の冒険者や手強い暗殺者など、一筋縄ではいかない玄人ばかりを雇い引き連れて、四十人くらいで挑んできたこともあった。

俺の周りでは、そんな殺伐とした光景が日に日にエスカレートしている。

しかもそれらに加え、【プランク】の授業ではノア様が俺の相手になったので、これまでのように適当にサボるどころか、まったく気の休まる時間がなくなってしまった。

「くく……いい感じじゃねぇか」

ディランが俺の心中を推し量ったように笑う。こいつは俺の不幸がよほど嬉しいらしい。

「笑い事じゃねぇよ。はぁ」

俺は釣り竿を足で抱え込んで仰向けに寝転んだ。ディランは俺が騎士学校から疲れて帰って来ると、いつも嬉しそうにする変な奴なのだ。

「そんなことより、さっきから竿引いてるんじゃねぇか?」

「ん？　そうだな」

「なんで、上げないんだ？」

「……」

「まさか、竿を上げることすら面倒臭かった、とか言うなよ」

「……まぁ、アレだよ。アレ……えっと生き餌として……さらに大きな獲物をだな……ほらきた！」

俺の釣り竿が勢いよく撓った。どうやら、本当に遊び半分で生き餌として泳がせていた魚に大物が食いついたらしい。

「おっも……！」

竿をある程度引き上げたところで、土魔法の【ロックランス】を唱えてとどめを刺す。それから【ロックランス】の柄と釣り竿を岸に引っ張り上げた。

「……坊主の天職は、釣り人かもしれねぇな」

ディランがポツリと呟いた。釣れたのは、てらてら光るカツオのような見事な大型肉食魚だった。

「んー確かに貴族やるくらいなら、この際、釣り人でもいいかもしれん」

「ダメだぞ？　坊主はガートリン男爵家の当主という立派な就職先が決まっているからな」

「ディランが俺の天職は釣り人だって言ったんじゃねぇか」

「ま、まぁ……アレだ。当主になった後でも、釣りくらいなら好きなだけ出来るからよ」

俺がディランをジト目で見ると、ディランはバツが悪そうに頬を掻いて話を無理矢理変えてきた。

「論点がズレている気がするんだが」

「ハハ……そろそろ帰ろうか？」

「はぁ。お前らは本当に俺に領主をやってもらいたいのかよ？」

「ふっ……当たり前だろ？　坊主ほどの適任者がいるかっての」

「……うぷ。領地が衰退しても知んねーからな」

「その時は、俺らの見込みが悪かったっていうだけのことだろ」

「……うっぷ……カッコいいこと言いやがって」

俺とディランはそんなふうに他愛もない会話をしながら帰り支度を整えた。

・・・

彼女達が現れたのは、俺とディランが荷物を持って帰路に就こうとした時だった。

「くたびれた。やっぱり、船はやめとけばよかった」

「何言ってるの？　お姉ちゃんが船で行きたいって言いだしたんじゃない」

前から歩いて来る二人はのんびりとした口調で喋っている。だが、すれ違いざまに二人から感じた気配は只ならぬものだった。

その時、少女の一人が振り返り、俺と目が合った。

年齢は俺と同じくらいか。短い金色の髪の毛は不揃いで肌は陶器のように白い。体型はスラッとしたやせ型。大きめの青い瞳は吸い込まれそうなほどの透明感を湛えていた。将来は必ず美人に成長する片鱗を窺わせている。

見た目通りの相手なら、俺も単に綺麗な子だなと思っただけで、そのまま視線を逸らして通り過ぎてしまっていたかもしれない。ところがその少女からは、丸っきり油断のならない不気味な気配が醸し出されていた。

「くんくん……ねぇ、あんた。あんたから、ケルン先輩の血の匂いがする」

正直、何のことだか心当たりがなかった。しかし、ケルンという名前に聞き覚えがあった。

「ふふ。そうか、あんたがケルン先輩を殺したんだ」

少女はくすくすと笑いながら、野球ボールサイズの水晶を懐から取り出して胸の前に掲げた。その時、俺のスキル【危険予知】は反応を示していなかった。けれども俺は咄嗟に隣にいたディランの剣を引き抜いて、正体不明の怪しげな少女に向けて構える。

「クリムゾン王国なんて遠い国まで来た甲斐があった。仕事の前に、ちょっとつまみ食い。あー楽しみ。アンタは私に生きる悦びを味わわせてくれるだろうか？」

言い終わると、彼女が手に持っていた水晶が輝きだした。その眩い輝きが一瞬で俺と少女を包み込む。と同時に、俺達は水晶の中へと吸い込まれた。

◆

ユーリと水晶を持っていた女性――アンリエッタが姿を消した直後。

二人のやり取りを路地裏の暗がりで見つめていた一人の男性がいた。

「ようやくアンリエッタ君が出て来てくれたのか。あの様子だと、どうやらラルクは失敗したのかな？　父さんの預言とは異なる。それにしてもこのタイミングで……もしユーリ君が力に目覚めてくれるのなら……。あのプランが行ける？　まぁどちらにしても、僕の選択の時は迫っているってことか」

暗がりから男性が姿を現した。エルフの特徴に似た尖った耳を持つその男性は、ユーリの魔法の師匠、コラソン・シュルツその人であった。

コラソンは、突然ユーリとアンリエッタが消えたことで騒然としている場所に向かう。

「坊主？　どこに行った？　おい？　冗談よせよ？　おい⁉」

未だ状況が呑み込めていないディランは、慌てて周囲を見渡してユーリの姿を捜す。

「お姉ちゃん⁉　まさか、こんなところで『ケイリの玉』を使ったの？」

アンリエッタと一緒に旅をしていたもう一人の少女——ルコは戸惑いつつも、地面に落ちていた『ケイリの玉』を拾おうとした。

しかし、それよりも先に忍び寄って来たコラソンが『ケイリの玉』を拾い上げてしまう。

ルコは警戒心を高めて懐からナイフを出して構えた。

「物騒なものは仕舞いたまえ」

その刹那、コラソンは瞬く間にルコの目の前に手を突き出して魔法を詠唱する。

「【マインドハック】」

コラソンの魔法の効果だろう。ルコは糸の切れた操り人形のように意識を失って倒れ込んでしまう。

近くでそれを見ていたディランは、気を動転させつつもルコの傍へ駆け寄り、倒れた彼女を抱き起こした。

「な……おい、大丈夫か？　一体何だ、お前は？　……てか、おい、嬢ちゃん⁉」

「君も寝ているんだ。【サンダーショック】」

コラソンは一瞬でディランの背後に回り込み、魔法を唱えながら彼の背中をポンと叩く。

そして、騒然とする港の中に一筋の白い閃光が煌めいた。光が収まった後、コラソン、ルコ、ディランの姿は忽然と消えてなくなっていた。

◆

そこは不思議な森の中だった。

俺は先程までウエーノ港にいたはずだ。ところが、あの少女が手に持っていた水晶の光に吸い込まれたと思うと、いつの間にか見たこともない変な森に飛ばされていたというわけだ。

変な――という表現を用いた理由はこれから説明するが、俺は今、その女性と対峙しつつ、周囲から聞こえてくる奇妙な声に耳を澄ませている。

『おや？　見ない顔だね』

『おやおや？　新入りさんかな？』

『ヒャヒャ、子供かい？』

『子供だね』

そんな声が森の中から聞こえてくるのだ。

異様な状況を正しく認識しようと、俺は目を擦って冷静に辺りの光景を確認する。

まさか夢じゃないよな……。俺は念のため、何度か自分の頬を抓ってみる。

うーん、やっぱ痛い。

木や花に人間の顔があり、しかも言葉を喋って動いているなんて……。

到底、信じられる世界ではなかったものの、現実として受け入れるしかなさそうだ。

『人間さんや。こっちに来て、お話ししませんか?』

『私とおしゃべりしよう?』

『私のほうが面白い話を知っているよ?』

『いや、私にしましょう? ね? ね?』

木や花達は互いの声に呼応したように、次々と陽気な声を掛けてきた。

俺は少し怖くなり、思わず後退る。すると、何か硬いものに身体がぶつかった。後ろには何もなかったはずだが……。

『なんだい、痛いな』

驚いて振り返ると、いつの間にか人間の顔がある木が背後に立っていた。

「わ、悪い」

俺は戸惑いながら、顔を顰めて文句を言う木に謝る。

『うむ。気をつけて歩きたまえ』

俺の謝罪に納得したのか、その木は大きく一回頷いて目を閉じた。

「すごいところでしょう?」

目の前の少女は、そんな俺の様子を窺いつつニヤリと笑みを浮かべる。

「ここは……一体、なんなんだ?」

相手が相当な実力者であることは分かっていた。外見の可愛らしさに誤魔化されてはいけない。気を抜けば命取りになる。俺は手にしたディランの剣の柄を強く握りしめた。

「ここは『ケイリの玉』という魔導具の中に作り出された時空間」

「時空間だと？　そんなものを作れる魔導具が存在するのか……」

俺は驚愕のあまり目を見開いた。

いや……時空間魔法が存在するんだ、不可能ではないか。

それにしたって、途轍もない魔力が必要になるはずだ。……ってケイリの玉？　アレ？　どこかで聞いたことがあるような？　んー思い出せん。

「私も初めて来たんだけど、ケルン先輩が言っていた通り変なところ」

「……ケルン？」

先ほども彼女から聞いたが、知っていた名前を耳にして、つい尋ね返してしまう。

「やっぱり知ってるんだ。ケルン先輩を殺ったのはアンタだね。微かにケルン先輩の血液の匂いがするもの」

彼女は匂いを嗅ぐように鼻をヒクヒクと動かしている。

確かに、一カ月以上前にブラックベルが起こした内乱騒ぎの際に、自殺したケルンという男の血は浴びた。しかし、その血はごくわずかであり、アレから毎日風呂にも入っている。着ている服にしたって……。いや、よくよく思い起こせばコートの泥は落としていたが、まだちゃんと洗ってはいなかった。まさか、一カ月も前にコートに付着した血痕の匂いを嗅ぎ取ったというのか？　それも正確に相手を言い当てるなんて。

「……」

「沈黙……ということは、そうなんだね？」

俺が何も答えられないでいると、少女が確信したように笑みを深める。

「君もブラックベルという賊の一員なのか？」

「一応ね。ただの戦闘員だけど」

「……そうか、いろいろ聞きたいことがある」

「いいね。いいね。あ……ちょっと待って……。えっと、『ケイリの玉』に外出方法の設定をしなくちゃ」

少女は懐から水晶を取り出して魔力を込めるような動作をした。

「何をしている？」

「……」

俺の質問に少女が無言を貫いたまま、一分ほどの時間が経過した。

やがて少女が手にした水晶が淡い光を放ち始める。するとそこから無機質な女性の声が響いてきた。

『――「ケイリの玉」の設定。外出設定を変更する、でよろしいのですね？』

「うん」

水晶から発せられる女性の声に対して、答えた当人が頷く。

『では、外出設定を行うのは、どちら様でしょうか？』

「私……アンリエッタと目の前にいる……貴方、名前は？」

「……」

「早く教えて。この場所から出られなくするよ？」

「ユーリだ」

「へー、ユーリね。良い名前。私の兄と同じ名前よ」

『外出設定を行うのは、どちら様でしょうか？』

再び水晶が尋ねる。

「この場にいるアンリエッタとユーリの外出設定をする」

『アンリエッタとユーリですね。まずはアンリエッタの外出設定を行います。どのような条件を付けますか？』

「私……アンリエッタの『ケイリの玉』から外出する条件は一つ。ユーリを殺した時」

俺はハッと息を呑む。

『了解しました。では、次にユーリの外出設定を行います。どのような条件を付けますか？』

「ユーリの『ケイリの玉』から外出する条件は一つ。アンリエッタを殺し……」

「ま、待て……。俺……ユーリの外出条件はアンリエッタが負けを認めた時に変えてくれ」

「ふはっ……いいわ。やってみてよ。もし出来たなら……あなたと結婚してあげる」

「極端な奴だな……俺はまだ人生の墓場に行くつもりはない」

「あら、残念。ユーリの『ケイリの玉』から外出する条件は一つ。アンリエッタが負けを認めた時」

『了解しました。では、対象者を認識するために各自の血液をこの水晶に垂らしてくださ い。まずは、アンリエッタからお願いします』

アンリエッタは、腰に吊るしていた黒色の剣を空いていた手で抜くと、水晶を持つほうの手の指を器用に薄く切り裂いて血液を垂らした。

『認識しました。続いてユーリの血液を水晶に垂らしてください』

アンリエッタは俺に向かって水晶を雑に放ってくる。

俺は水晶を受け取り、親指を噛んでその表面に血を垂らした。

『認識しました。では快適な時間をお過ごしください』

水晶から皮肉にも似たセリフが聞こえてきた。

何が快適な時間を、だよ。

俺が胸の内で悪態を吐くと、水晶が光と共に消えていく。

その水晶が消えた瞬間、俺は一気に決着をつけるため、アンリエッタとの間合いを詰めて喉元に剣を突き付けた。だが、残念なことに俺の思惑は見事に覆されてしまう。なぜなら、彼女もまた俺に肉薄しており、その彼女の剣も俺の首元で止まっていたからだ。

互いに睨み合いになる。アンリエッタは嬉々として笑い、俺は憂鬱になりながら呟く。

「良いね。良いね」

「……面倒」

互いに風速をも上回る、目にも留まらぬ神速だった。

なぜなら一呼吸遅れて、風圧による衝撃が起こったからだ。俺とアンリエッタは互いに剣を引き、後方へ飛び退って三メートルほどの距離を取る。

「ふは……ふふ。良いよ。ユーリ」

「参ったな。これは」

これから殺し合いが始まるというのに、アンリエッタは不気味なほどニコニコと笑っていた。その凶暴な笑みは、敵の動揺を誘うための計算された企みではないだろう。

俺は胸の中で大きく溜め息を吐いた。

それは心底戦いに明け暮れることだけを悦びとする、戦闘狂が浮かべる笑みだった。

純粋に、ただ本気で相手とぶつかり合うことが楽しい。

俺と対峙している時のノア様の雰囲気に限りなく近かった。

――戦うことを生きがいにしてきた人間。

彼らだけが持つ特別なオーラを、俺は肌で感じ取ってしまったのだ。

俺は不意に彼女の真の実力が知りたくなり、スキルの【鑑定】を使おうかと思った。しかし、攻撃の隙を相手に与えるリスクを考慮して止めた。それにこれだけの手練れである。【鑑定】を発動しても躱されるのがオチだ。

「じゃ、私から行くよ」

アンリエッタは地面を思いっきり蹴って、すかさず俺との間合いを詰めてくる。そして、上段の構えから凄まじい大振りの一撃が放たれる。

「は！」

『ぎゃあああ』

アンリエッタの放った斬撃は俺に命中はしなかったものの、近くに立っていた木の顔を問答無用で薙ぎ払い、その勢いのまま大地を抉り出す。

……とんでもないな。こんな化け物と戦う羽目になるとは……。

心の中で毒づきながら、俺は反撃を試みる。

……いや、まだだ――。

隙を突いて攻撃に転じるどころか、その暇すらこちらに与える気はないらしい。

あれだけの大振りを放った後とは思えないほどのスピードで、その剣先を俺に向け跳ね上げてきた。

「秘剣【燕返し】」

「うぐ……！」

俺は咄嗟に軽く後ろに跳んで、アンリエッタの強烈な一太刀を剣で受ける。その対応で斬撃の力を弱めることに成功はしたが、完全に相殺することが出来ず二メートルほど後方へ吹き飛ばされた。

「いきなり秘剣をぶっ込んでくるとは」

「初見殺し。それが【燕返し】の使い方なんだよ」

本来、秘剣とは対人戦において相手の隙を狙った必殺の大技でなくてはならない。

いろいろな解釈があるにせよ、その剣技を戦いの初っ端から早々に放ってくるなんてな……。

「こんなに見事に受けられるとは思わなかった」

「まぁ……君ほどの実力者が容易に隙を作るとは思えなかったからね」

俺が反撃を止めて、防御に徹した理由を述べる。

すると、アンリエッタは目を丸くして笑い出した。

「くふ……ふふ。いいね。私を女だからと舐めないところもいい」

その時、再び俺の背筋を冷たいざわめきが走り抜けた。

――まただ。

アンリエッタの笑う顔を見ると、スキルの【危険予知】が発動しているわけではないのに、妙な胸騒ぎを感じるのだ。まるで本能が逃げろと叫んでいるように。

「本当に面倒」

「そう言わないで。もっともっと殺し合おう」

アンリエッタが剣を構え直して斬り掛かってくる。俺は、早くお家に帰りたい、と切実に心の中で祈りつつ、凄まじいアンリエッタの剣を受けるのだった。


戦い始めて三時間が経った。

俺は肩で息をしながらアンリエッタと剣を交わしている。

「今のところ付いて来てくれてる。嬉しい」

「それはどうも……。俺はもう疲れたんだ。はぁ……はぁ……」

「まだまだだね」

うんざりとした表情の俺とは対照的に、アンリエッタは笑みを浮かべている。

魔法のおかげで何とか五分五分に持ち込めてはいるが、剣術では正直押されていた。

「剣技は面白いんだけどもね。鋭さが足りないな」

「ご指摘どうも」

そりゃ……俺は前にノア様に指摘された通り、剣術自体は達人の域を超えていない。例えば、クリストと戦う時などは身体能力で剣の技の未熟さを補って対応していた。

「けど、まぁ合格かな」

「ん？」

「じゃ……剣を使おうかな、さぁ起きて『アルム』」

首を傾げる俺に向かって、アンリエッタはニコリとして言った。

すると、彼女が持っていた黒い剣が淡く光りだす。

どうやら魔力を込めているようだ。黒い剣はなんらかの魔導具だったらしい。いや……もしかして、聖具に似た武器なのだろうか？

嫌な感じがする。

「……っ」

俺は瞬時に無魔法の【プランク】を使い逃げようかと考えた。だが、それよりも早くアンリエッタから振り下ろされた剣を受けることになった。

ガキッ!!

火花が散るほどの重たい剣。黒い剣の刀身からは紫電が漏れている。

「くっ……」

剣がミシっと嫌な音を立てる。咄嗟に黒い剣と同レベルの電気エネルギーを持つ雷魔法――【サンダーソード】を発動し、それを剣に纏わせて刀身が折られるのを防ぐ。

黒い剣は魔力を込めることで刀身に電気を纏わせる効果があるらしい。切れ味も数段上昇している。

俺は剣を引いて後方へ飛ぶ。

しかし、アンリエッタはそれを許さない。

「ハハ、今の攻撃を受けて防げたのはユーリで三人目だよ。でも、ただ逃げるなんてつまんない」

「いや、武器の差が半端ない気がするんだよね」

「それは準備してないユーリが悪いよね」

「確かに……って、俺をいきなり拉致(らち)っておいてよく言う。訴えるぞ」

相手がこれほどの強敵でなければ、手を前に突き出して魔法詠唱するところだ。体内を循環(じゅんかん)している魔力は、手に集中させたほうが感覚的に扱いやすい。しかし、アンリエッタにはその隙すら命取りになる。俺は剣を構えつつ、彼女に悟(さと)られないよう心の中で魔法詠唱した。

【ファイヤーボール】――。

俺の頭上に現れた五つのサッカーボールサイズの火球がアンリエッタに向かって放たれる。

「へぇ。器用だね……けど、遅いよ」

完全に相手の虚を突いたはずの魔法攻撃が最小限の動きで躱された。追尾しようにも、素早い剣さばきによって斬られてしまう。

俺とアンリエッタは互いに次の一手を窺いながら、剣を構えてしばし対峙する。

俺は内心焦っていた。

最速で放ったはずの【ファイヤーボール】が、いとも容易く防がれてしまったのだ。おまけに相手は自分と同レベル以上の潜在的な能力を秘めた剣術の達人である。

安易に魔法は使えない。特に時空間系の魔法は大量の魔力が必要な上、発動までに二秒かかる。使うタイミングを間違えると活路を見出すどころか、逆にこちらの隙を作ってしまうだろう。

さらに問題なのは、あの物騒な黒い剣である。

「……それにしても、私がこの魔導具を使えるようになるまで結構時間がかかったのに。一瞬見ただけで同じことが出来ちゃうのか。ショックだよ。ショック。けど、なんでさっきまで使わなかったの？」

俺と剣を交わすアンリエッタは嬉しそうな表情をした。「ショックだよ……」と口にする彼女の声色に、何故か底知れぬ恐怖を感じる。

「こんな荒業を使えば武器が劣化するに決まってるだろう。こっちは魔導具でもなんでもない、ただの剣なんだぞ」

実際、電気を纏った俺の剣は激しい熱で赤く発光しており、今にも溶け始めそうなのだ。

俺はなんとか刀身でアンリエッタを押し返して、彼女と距離を取る。もはや俺の剣の硬度は風前の灯といえた。

「限界かなぁ」

俺は熱で丸くなった剣の刃を見て首を振った。

「もっといい武器を持ってこないのが悪いよ」

「だから、いきなり拉致したくせして……。訴えるぞ」

「……ハハ。それでどうするの？　そのボロボロの剣でこのままやれるの？」

もとの形状を成していない剣を見て、アンリエッタが嘲笑う。

「仕方ないな。【ウォーター】」

俺は剣に水魔法を浴びせて熱を冷ます。

剣がジューッと音を立てた。ところが、その行為が裏目に出て最悪の結果を招いた。急激な温度変化に耐えられず、俺の剣はパキンッと甲高い音を立てて折れてしまったのだ。

「ありゃ。折れちゃったよ？」

アンリエッタは俺の行動を見ているばかりで、今が絶好の勝機にもかかわらず斬りかかってくる気配がない。

「あーやっぱりな。早く冷やし過ぎた。って……なんで襲って来ない？」

「だってー、つまんないでしょ？　喋ってないで、早く戦う準備してよ。まだ、短剣が残ってるんでしょ？」

「短剣で戦うの、なかなかしんどいと思うなぁ」

「じゃどうするの？　まさかの降参？」

「だから……【アルケミ】」

俺は無魔法の【アルケミ】を発動させた。折れてしまった剣を繋ぎ合わし、細部に入っていた損傷を修復する。

「おーすごい。本当に器用だね」

アンリエッタは目を見開いて驚く。

対する俺の反応は冷めたものだ。俺は剣先に触れると溜め息を吐いた。

「やっぱりダメだな」

「え？　なんで？」

【アルケミ】は物質を置換や変異させることが出来る便利な魔法なのだ。しかし欠点もある。それは大きめの物質の場合、魔法の操作が難しいこと。また、精密な物には変異できないことである。つまり、今回問題なのは後者のほうで、物を切るほどの剣先の鋭さを再現できないのだ。

「へーそうなんだ。じゃどうする？　その刃なしの剣で戦うの？」

「いや……。やっぱり。君が持つ電気を帯びた黒い剣に対抗するには、それなりの力がいるだろうね」

俺は剣を前に突き出し、次の魔法を唱えた。

「【アイスソード】」

俺の周りから立ち昇った白い蒸気が剣に集約され、その刀身が氷で覆われていく。やがてそれは、一振りの白い氷の大剣へと姿を変えた。

「へーすごい。すごい。氷の剣が出来た」

「ちょっと魔力を過分に加えて圧縮させれば……こんなもんかな？」

大きさは俺の身の丈ほど。刃の鋭い剣ではないが、相手を叩き潰すには申し分のない破壊力はあるだろう。

「じゃ……早く殺し合おう！　殺し合おうよ！」

「ちょ……待てよ」

「いや、待てないよ！　ハッヒャ！」

アンリエッタが剣を振りかぶり、嬉々として襲いかかって来た。

純度の高い水や氷は、電気を通しにくいと聞いたことがある。魔力を消費して作った氷の剣の耐久性も高い。だが、彼女の黒い剣を充分に凌ぎ切れるかどうかは自信がなかった。

「……ふっ！」

「く！」

息つく暇もないほど鋭いアンリエッタの連撃。氷の大剣は一部が削れたり、凹んだりしてその飛沫を飛ばした。俺はその一撃一撃を受けつつ、氷の剣を再生させることで強度を保ちながら反撃の機会を探る。

「その剣、厄介だね。また私の剣に氷が付いちゃったよ」

アンリエッタは剣に魔力をさらに注ぎ込んで電気の出力を上げた。刀身にこびり付いた氷が発生した電熱によって溶けていく。

それから一体何度打ち合っただろう。彼女が黒い剣を振るい、俺が氷の大剣でその攻撃を受け止める。決着は未だつきそうになかった。


さらに二時間後。

俺とアンリエッタの攻防戦は終わることなく続いていた。というか俺の場合、魔法と剣術を組み合わせて騙し騙し戦っていたというべきか。

「ふふ。じゃあ、そろそろお腹も空いてきたし、もう終わりにしようかな。久しぶりに楽しませてくれたお礼に、この指輪を取ってあげる。私の指輪は本来の力を抑制できてね。私が喧嘩を楽しむために子供の頃に闇市で買ったんだ。私にこれを外させたんだから誇りに思ってね」

そう言うや否や、アンリエッタは右手の薬指に嵌めていた指輪を引き抜いた。俄かにアンリエッタの纏っていた雰囲気がガラリと変わる。

……あの赤い宝石の付いた指輪……まさか、『足枷の指輪』？

剣を握っている俺の手や肌に、ピリピリと刺すような痛みが走る。自分でも顔が強張っているのが分かった。

「行くよ」

アンリエッタは言葉を発すると同時に、立っていた場所から砂煙を小さく巻き上げて姿を消した。

一瞬、俺は完全に彼女の姿を見失った。

その直後、真横からピリっとした殺気を感じ、俺は無心で剣を振り上げる。

――ガキィイン！

俺は氷の大剣でアンリエッタの攻撃をかろうじて受け止めた。

だが、その常軌を逸した凄まじい衝撃に俺の剣は耐えきれなかった。

刀身は無残にも砕け散り、俺は体ごと後方に吹き飛ばされ、いくつもの壁に穴を空けてようやく停止する。

「く……息が苦しい」

したたかに全身を強打したせいだろう。身体中が軋むように痛い。まるで自分の身体ではないようだ。もしかしたら、何本か骨が折れているかもしれない。

ポタ……。

切り裂かれた頬の血が伝って顎先から滴り落ちる。砕けた剣の破片で切ったらしい。

「へー、アレを受けて生きてるんだ」

アンリエッタは俺が突き抜けた穴からひょっこりと顔を出した。

もう今や俺には立ち上がる力すら残されていない。

「……く」

やむなく俺は時空間魔法の【ショートワープ】を使い、その場から逃げる。しかし、化け物じみたスピードですぐさま追いつかれてしまう。

「私には物足りないかな？」

窮地に立たされた俺は、現状を打開すべく思案する。まだ策は二つほど残されていた。

一つは俺が身に着けている『足枷の指輪』を外すことだ。

でもこの指輪は、世界を救うために必要なんだと師匠は言っていた。

だとすれば……やっぱり、外せねぇよ。

俺には、この世界で守りたい大切なものが増えすぎた。

おかしいな。面倒臭いから、そんなのは作らないようにしていたのに……。

昔読んだ小説に『大切な繋がりが増えると人間は弱くなる』という一文があったが、それはほんとかもしれない。自分の命を失うより、周りの好きな連中が死ぬほうが百万倍嫌だ。

もう……もう大切な人を失くしたくない。

そうなると、もう一つの方法――【オートファージ】しかないよなぁ。あぁ、本当に面倒臭い。

「……」

いつの間にかアンリエッタが目の前に立っていた。

「バイバイ。ユーリ」

彼女が剣を高く振り上げ、俺が【オートファージ】を使おうとした時だった。

どこからともなく紫色の液体の入った瓶が飛んできて、剣を振り抜こうとしたアンリエッタに命中するかに見えた。

「何？」

即座に反応したアンリエッタは、難なく瓶を弾き飛ばす。

地面に叩きつけられて割れた瓶から辺りに液体が飛び散った。だが零れ落ちた液体は、ただの水ではなかったらしい。それは空気に触れた瞬間、俺とアンリエッタを包む煙幕となった。

「けほ……けほ……何よ！　これは！」

アンリエッタは煙でむせながらも剣を構えて周囲を警戒している。

「なんだ……？」

俺とアンリエッタの他にも誰かいたのか？

そんな疑問を抱いていると、俺はいきなり現れた大柄な男性に体を持ち上げられた。

――俺の意識はそこで途切れた。

◆

「う……ん？」

目覚めると、何か白いモノが俺の顔の上に載っていた。

ふわふわしてちょっと重たい。俺はそれを退かそうと体を動かす。

――ズキッ！

だが体中に激痛が走り、腕を上げるどころか起き上がることすら出来ない。

「きゅう……」

俺が痛みで悶えていると、何やら鳴き声が聞こえてきた。どうもその声の主は、俺の顔の上にいる白いモノのようだ。

「いつつ……なんだ？」

俺の声に反応してか、その白いモノは俺の顔から胸の辺りにもそもそと移動した。わけも分からず目を見開いていると、目がだんだん周囲の明るさに慣れてくる。

ウサギ……？

それはバスケットボールくらいの大きさのウサギだった。

丸っこい体から短い手足が伸びている。ひょこひょこ動く耳が愛らしい。

ん……？　アレ？　こいつ、一応長い耳からウサギだと判断したけど、見たことがない種類だな。凶暴な魔物とかではなさそうだが……。

「お前、なんなんだ？」

俺は念のため恐る恐る問いかけてみる。

さっきもいきなり言葉を喋る木や花に遭遇したばかりだ。この世界には、妖精やドラゴン、フェンリルなんかもいる。喋れるウサギがいても不思議ではない。

しかし、ウサギはただ「きゅうきゅう」鳴くばかりで、その柔らかい鼻先を俺の顎の辺りに擦り付けてくるだけだった。

話が通じないことが分かったので、俺は状況を把握しようとキョロキョロと周囲を見渡していく。

「うぉ……」

俺は思わず驚いて声を上げてしまった。部屋の中には同種のウサギみたいな奴が他に四匹ほどいたからである。

俺の声に反応して、ウサギ達の視線が一斉にこちらを向いた。

「「「「きゅう？」」」」

ウサギの飼育施設かよ。

まぁ……危害はなさそうだからいいか。

それにしても、ここは一体どこだろう？　本当にウサギの飼育施設じゃあるまいし。

俺は冷静に気を失う直前までの記憶をたどってみる。

えっと……確か、アンリエッタにやられそうになった時、煙幕に呑み込まれて……。

だとすると煙幕を焚いて、俺を助けてくれた何者かのアジトってところか？

薄暗い室内には窓がない。木製のサイドテーブルは一つきりで、その上に置かれた魔導具のランプが、殺風景な土壁を仄かに浮かび上がらせている。近くに試験管とすり鉢のようなものが置いてあった。

おそらく、どこかの洞窟の中か、何かの建物の地下に作られた寝室のようだ。

飾り気のない部屋に他にあるものはというと、ベッドが二台のみ。藁製の布団に、魔物か動物の毛皮を縫い合わせて作った一枚の布を被せた簡易なものだった。

む……これからどうしたもんかな？

シンプルな室内を眺めながら俺は思考を巡らす。

傷はまだ回復しておらず、全身が痛くて上手く動けない。俺を助けてくれた人も正体不明である。ピンチを救ってもらっておきながら悪い奴と決めつけるのは筋が違うが、必ずしもいい人だとは限らないだろう。どんな企みを持った人間か、まずは知るべきだ。

そんなことを考えていると、ウサギ達の耳がピンと立った。

誰かが部屋の入り口に近づいて来たようだ。

俺は痛みを堪えつつウサギを退かして、枕元に置いてあった『リアンの短剣』に手をかけた。念のため、すぐ魔法が使えるように準備しておく。

「……」

上階から階段を降りてくるような足音が止まった。

神経を研ぎ澄ませていると、ゆっくり木製の扉が開く。

部屋の中に入って来た人物は少女だった。ボーイッシュな顔立ちをしており、髪は緑色で瞳はブルー。背格好を見た限り、わずかに胸の隆起があるが、年齢は俺と同じくらいか。

「あ、起きたんだね」

俺が目を覚ましていることが分かり、その少女は笑みを浮かべた。

「すまない。状況がまったく呑み込めていないんだけど……痛っ」

俺は何とか上体を起こそうと試みる。だが痛みのせいで再びベッドに倒れ込んでしまった。そんな俺を見て、少女が慌てて近寄って来る。

「ああ、動かないで。傷がすべて治ってないんですから」

「痛っ。痛っ。すまない。ただ、いろいろ聞きたいんだが？」

「その話の前にこの薬を飲んでください。僕が薬草を煎じて作った回復薬です」

俺の質問に少女はそう言って持っていた籠に手を入れる。そこから包装紙に包まれた緑色の薬のような粉を取り出すと、やや強引に俺の口元へ近づけ無理矢理飲ませてきた。

「うく……待ってく……苦」

「これで……しばらくすれば楽になるよ」

「苦……」

「僕はこう見えて薬師だからね。ちゃんと効いてくれる。でも、良薬は口に苦しと言うから、そこは我慢して」

口の中の苦みはなかなか消えてくれなかった。しかし次第に身体の痛みが和らいでくる。本当に回復薬だったようだ。

「ゲホ……ゲホ……どうやら俺は助けられたようだな。ありがとう……俺の名前はユーリだ。よろしく」

「僕はリサ。だけど薬を作っただけ。僕にお礼とかはいらないよ。ユーリをここに連れて来たのはラルクさんだから」

「その人は今どこに？　俺が戦っていた化け物からよく逃げられたな……」

「痺れ薬入りの煙幕を使ったからね」

「ハハ、痺れ薬入り、ね。なるほど」

「貴方と彼女の戦いをラルクさんが見ていたようで、すごい戦いだったとか？　ラルクさんが言ってたよ。正直、僕はラルクさん以上に強い人というのは想像できないのだけど」

「ハハ……確かに壮絶な戦いだったよ。それで俺の質問のほうなんだが、いいか？」

「はいどうぞ」

「まず、ここはどこだ？」

「ここは洞窟にある隠れ家みたいな場所だよ。ユーリも知っていると思うけど『ケイリの玉』という魔導具に閉じ込められてしまったので、僕とラルクさんで作ったんだ」

なるほど、ブラックベルの奴が持っていた『ケイリの玉』というのは、誰かを生かしたまま閉じ込めておける牢屋のようなものなのかもしれない。

まぁ……それは後でアンリエッタにでも聞けばいいとして……。

「なんで俺を助けた？　俺が悪い奴だという可能性もあっただろう？」

「ふふ、そうだね」

「ん？　何かおかしなことを言ったか？」

「いえ、笑ってしまって悪かった。僕も同じ疑問を抱いてラルクさんに尋ねたんだけど、ラルクさん曰く『そうした方がいいと思ったから』だそう。いわゆる、勘みたいなやつかな。それに……」

リサは素直に頭を下げてから、続けざまにウサギのほうを指さした。

俺はリサの指先を追って問いかける。

「……ウサギが何だ？」

「きゅいきゅい」

ウサギは俺の視線の気配を察し鳴き声を上げる。何かを訴えているようだが、俺にウサギの言葉は分からない。

どうしたらいいのか分からずにいると、リサは可笑しそうにくすくす笑った。

「ふふ、このウサギはライカという種類なんだけど、すごく臆病な性格をしていてね。でもそんな子達がユーリを恐れなかったから大丈夫だと思ったんだよ」

「そうか……ん？　ライカ？　どこかで聞いたことがあるな？」

「このウサギは最高級の毛皮ということで有名だね」

「そうだ。けど……」

「うん。このウサギは数十年前に絶滅したことになっている」

「なるほど。この森には人の手が入らなかったから生き残ったということか」

リサは俺が納得して頷くのを見ると、足元にいたウサギの頭をしゃがみこんで撫でた。

「僕も初めて目にした時は驚いたけどね。冒険者の間では伝説にすらなっているウサギだから。最初はもしここから出られた時のために餌付けしていたんだけど、懐かれてしまった。何と言っても、可愛いもふもふだから、もう手を出そうとか考えられないよ」

「きゅい。きゅい」

ウサギは、リサに頭を優しく撫でられると目を細めながら鳴き声を上げた。

そんな会話をしている時。

突然、部屋の扉が開いて男性が中に入ってきた。

「……帰った」

男性は五十代半ばくらいか。剃り込みが入った金髪の坊主頭には、白髪が少し混じっている。青い瞳の眼光は鋭く、筋肉質な体型と装備品から修羅場を潜り抜けた冒険者であることが推測できた。

いや、元冒険者である可能性のほうが高いか……。というのも、男性の右肩から腕がなくなっていたからである。冒険者の仕事は、右腕を失くしてやれるほど甘くない。

ラルクと俺の視線が合った。俺は沈黙を嫌い、一度お辞儀して口を開く。

「煙幕で助けてくれた人だよね？　俺はユーリだ。助かったよ。ありがとう」

男性が反応を示す前に、近くにいたリサが紹介する。

「はい。こちらが僕の冒険者の師匠であるラルクさん」

「……」

室内に入って来たラルクは黙り込んだまま、俺を真っ直ぐに見るだけで何も喋らない。

「あの……どうしたのかな？　ラルクさん？　いつになく無口」

リサが首を傾げながら声を掛ける。するとラルクは目をカッと見開いて、ゆっくり問いかけてきた。

「……ユーリだと？」

「あっはい」

「まさか、ユーリ・ガートリンか？」

「えっと……」

何故この男性は俺の貴族名を知っているのだろう。俺が怪訝（けげん）な顔でラルクの質問に答えかねていると、ラルクが念を押すように急いで確認してくる。

「そうなのか？」

「はい。けど、なんで俺の名前を？」

「俺は失敗したが案内者だったからな。お前の名前も聞いている」

「……え？　ええ？」

いきなりすぎる展開に俺の思考が追い付かない。だがラルクが失敗した案内者という言葉を言った時に、リサの表情が一瞬歪んだことに気づいた。

少しの沈黙の後、どうやって次の会話を切り出そうか考えていると、ラルクが問いかけてきた。

「俺のことはいい……それよりも、何で君がここにいる？　まさか、君もブラックベルに閉じ込められたのか？」

「えっと……」

俺はここに来た事のあらましをラルクとリサに説明していく。ラルクが俺の話に耳を傾けながら納得したように何度か頷いてから言った。

「なるほど……これは運命か」

「運命？」

俺はラルクの言ったセリフに首を傾げる。

「俺は君の妹である、アンリエッタ……アンリエッタ・ガートリンの案内者だった」

「アンリエッタ・ガートリン？　……まさか……」

俺は体がまだ痛いのを忘れてベッドから起き上がり声を荒らげる。

「ど、どうした？」

俺の様子にラルクは戸惑いの色を隠せない。

呟くように俺は答えた。

「俺が戦っていた女の子はアンリエッタと名乗っていました」

「……」

俺の言葉を聞いてラルクの目つきがいっそう厳しくなる。口元に手を当てて押し黙るラルクを見ながら、俺の中でアンリエッタに対して湧いていた謎の違和感がすべて埋まった気がした。

俺が感じていた違和感……それはアンリエッタの異常なほどの強さにあった。

俺自身、普通の人間が努力のみではたどり着けない力の境地に達している自覚がある。

そんな俺と変わらない力を秘めた同年代の女の子――。

俺の持つ【超絶】という常時発動型の自己育成促進スキルと互角に渡り合える存在がいるとしたら、それは俺と同じ【超絶】か、それ以上のスキルを取得していないと難しいに決まっていた。

つまり、アンリエッタは俺と同じ【超絶】のスキルを持っている。

なんたって俺と妹のアンリエッタは二卵性とはいえ、双子なんだ。双子が似た能力を持って生まれてくる事例はどこかで聞いたことがある。

「……」

「ユーリ？」

俺は頭を押さえてベッドに横たわった。傍にいたリサが心配そうに声を掛けてくる。

俺と同じ力……!?

道理でバカみたいに強い訳だよ！

本当に神様は俺に厳しいよね。また一段と頭が痛くなってきた。

力は同等であるにせよ……いや、俺には『足枷の指輪』という制約がある。

ハハ、まったく勝てる気がしないな。だけど……だけど、この感情は……。

――あぁ面倒臭い……。

でも、それ以上に負けっぱなしは嫌だ、という対抗心がふつふつと湧き上がってくる。

俺は胸の内で渦巻く複雑な感情を持て余しつつ、見知らぬ天井を仰いでアンリエッタの狂気じみた笑みに思いを馳せた。

……って命賭けの兄妹喧嘩って馬鹿らしいな。けど、これは預言による運命か？

まぁ、どんな結末になるにせよ、彼女とは話をしないといけないみたいだな。

◆

俺はラルクとリサの二人と話した後、治癒魔法で体を治すと昼頃には立って歩けるまでに回復した。そこで早速、アンリエッタの行方を捜すため森の中へ出かけることにする。

鬱蒼とした木々の間を歩いていると、やはり当然のように森の木や花が陽気に話しかけてきた。

『ご機嫌よう』
『お日柄もいいようですね』
『なんだか、覇気のない目をしているが、大丈夫なのかい？』
『ハハ、大丈夫なのかい？』
「改めて見てみると、本当にヘンテコな場所だなぁ」
俺はしみじみと周りを見渡して独りごちる。
『そういえば、貴方のお捜しの方は、あちらに進んでいきましたよ？』
『いやいや、こちらだったでしょう？』
『えー。私は大岩の向こうだったと記憶していますわ』
「俺を迷わせようとするのやめてくれない？」
『ギク……そ、そんなわけないじゃないかぁ。ハハ』
『ギク……そうだぜ。ハハ』
『ギク……なんのことかしらねぇ。ハハ』
「じゃ……君達が指し示さなかったほうに進むとしようかな」
それから、しばらく森の中を進んで行くと綺麗な湖にたどり着いた。
この時空間内は、馬鹿でかいスノードームに隔離されている感覚に近かった。

空間内には太陽に似せた光が降り注ぎ、水や食料など、人間が生きていく上で必要な物は一通り揃っている。夜はといえば、月の光くらいまで光量が下がって暗くなるのだと、リサから聞いた。

俺は目の前に広がる美しい湖一帯を見渡しながら、誰もいないなあ……と首を捻っていると、突然、近くの水面から水飛沫が上がる音が聞こえた。

俺は驚いて音が聞こえた方に視線をやると、いきなりそこからアンリエッタが顔を出した。

「あ」

「あ、いた」

俺とアンリエッタの視線が絡み合い互いに声を上げる。

「ようやく見つけた！」

アンリエッタは少し興奮した様子で湖から出てきた。

「えっ……ちょっと待ってくれ！」

俺は湖から上がってきたアンリエッタの姿を見て咄嗟に目を逸らす。

「ん？　どうしたの？」

いきなり後ろを向いた俺の不可解な行動に、アンリエッタは困惑した声で返す。

「どうもこうも……服を着てくれ」

「あぁ……魚取りしてたから服を脱いでたんだよ」

裸を見られたというのにアンリエッタは気にした様子もない。

「分かったから早く服を着ろ」

「はいはい……服乾いた……かな……」

アンリエッタの声が不自然な感じで途切れた。

――バタンッ！

何かが倒れる音が俺の後ろから聞こえてくる。

「ん？　どうした？　大丈夫か⁉」

俺が不審に思って振り返ると、アンリエッタが服を持った状態で倒れていた。

すぐに彼女を抱え起こし、どうしたのか問いかけると、か細い声が返ってくる。

「お腹空いた……」

「は？　何も食べてないのか？」

「なんか、すごーく笑えてくるキノコは食べたんだけど……」

「笑えてくる……それ毒キノコだから！」

「毒キノコ……？　あー、そうだったんだ……」

アンリエッタはそのまま気を失って倒れ込んでしまった。

おいおい、お腹空いたって……こんなに自然が豊富で魔物や動物がいるんだから、食べる物なんてそこら中を探せばいくらでも手に入るだろ……？

しかも、この妙にふざけた展開は一体何なのだろう。昨日、生きるか死ぬかの殺し合いをしていた相手とのやり取りとは思えなかった。

俺は背中がムズムズするようなギャップを感じ自問自答しつつ、あることを思い出していた。

それは昔、ディランと一緒に森に入った時に聞いた話だ。

動物は人間よりも感覚器官が優れているので、強者が自分のテリトリーに近づく気配を察すると、さっと姿を眩ませてしまうとのことだった。動物達が飢えたアンリエッタの振りまく殺気を感じ取り、危険から身を守るため一目散に逃げていたとしたら？

つまり、そういう理由で彼女は食料となる獲物を捕まえることができなかったのかもしれない。

スキルの【隠匿】が使えれば問題ないものの、アンリエッタが【隠匿】を所有しているかどうかは不明だった。

……なるほど、そういうわけか。

「はぁ……面倒臭いけど」

俺は一人納得して岸辺にアンリエッタの体を横たえると湖から離れた。それからこちらの様子を窺っていた森の木のほうへ歩いていく。

『やぁ？　どうしたのかな？』

木に近づいていくと、木の幹の真ん中辺りにある顔が元気よく話しかけてきた。

「……木に顔があるのって、なかなかやりにくいな」

どうやって用件を切り出そうか逡巡し、俺は眉間に皺を寄せる。

『？　なんか、僕に用かな？』

「いや、君、名前は？」

『僕の名前かい？　よく聞いてくれたね。僕はボドさ。いい名前だろ？』

「そうか、ちょっとボドにお願いがあるんだけど、聞いてくれる？」

『うん、なんだい？』

「その枝、切り落としてもいいかな？」

俺は釣り竿にちょうどいい木の枝を指さして尋ねた。

『……』

「……」

そして互いに見つめ合うこと数秒――。

『えええええええぇぇぇぇぇ!!　………………いいよ？』

ボドは突然叫び出し、一瞬、やはりダメかと思ったのだが、思いのほかあっさり了承してくれた。

「いいのかよ。驚かせやがって」

『ハハ、びっくりしただろ？　その枝はイボみたいな部分だからね。けど、優しく切ってくれよ？』

「そうなのか？　優しく切る方法って、よく分からないのだけど……いいかな？」

『……』

「……」

『えぇぇぇぇぇぇぇぇぇぇぇぇぇぇぇ!!　…………………まぁ、そうだろうね』

「……この件は、いちいちやらないとダメなの？」

それから、いちいちリアクションのでかい木から枝を切り取らせてもらうと、手早く簡易の釣り竿を拵えた。仕掛けには常日頃から携帯している針と糸を用いる。

こうして俺は、何故かアンリエッタの食料を確保すべく湖で釣りを始めるのだった。


アンリエッタが倒れて二時間後。

俺は釣りあげた魚を焚火で焼いていた。

「……ん……あ……アレ？」

魚の焼ける匂いで目を覚ましたのか、アンリエッタは寝ぼけ眼を擦りながらもぞもぞと体を動かす。

「ようやく起きた？　病気ではなさそうだったから寝かせといたけど、大丈夫か？」

「……」

「どうした？　まだ頭がぼーっとしてんのか？　まぁいいや。お腹空いてんだろ？　魚食えよ」

「あ……うん。……母さん」

俺はお前の母さんになったつもりはないんだけどね……。やっぱり寝ぼけているようだな。

何も言わずに焼き魚を手渡すと、アンリエッタは夢中になって魚を貪る。

「はむ……はむはむ。美味しいよぉ」

アンリエッタは四尾の魚をぺろりと平らげた。それから満足した表情で横になって、また眠りだしたのだった。

「食ってすぐに寝る……って、子供か。化け物みたいに強いとはいえ、女の子だろ。はぁ……あまりにも警戒心がなさすぎじゃないか？　しょうがない、もうちょっと釣りでもするか。ラルクさんとリサに、お世話になったお礼もしたいしな」

俺は独りごちながら土産用の釣果を得るため、湖に竿を垂らし釣りを再開するのだった。

アンリエッタが再び眠りに就いて三十分が経った。

「なんで、私を殺さなかったの」

ようやく目を覚ましたアンリエッタは開口一番、険しい口調で聞いてきた。

「無防備な相手を手にかけるほど、俺は落ちぶれちゃいない」

俺は呆れた口調で答える。

「……ありがとう。そっか。それにご飯もユーリがくれたんだよね？　夢じゃなく」

「そうだな。俺はお前の母さんではないけどな」

「……もしかして、声漏れてたの？」

「そりゃ……。めっちゃ聞こえてたぞ」

ぎょっとした表情のアンリエッタに、俺は少し笑いながら返す。

急に恥ずかしくなったのか、アンリエッタが赤面して飛び掛かってきた。

「……わ、忘れろ！」

「わ……痛てえ！　殴ってくんな！」

俺はその場から逃れようとアンリエッタから距離を置く。

「逃げないでよ」

アンリエッタは間髪を容れず俺との間合いを詰め、俺の頭めがけて回し蹴りを放ってきた。俺はその攻撃をしゃがみこんで躱す。

「いや、逃げるでしょう。てか、何であからさまに頭狙ってんの？」

「頭を蹴ったら記憶がなくなるでしょ⁉」

「何それ……⁉　お前の力だと、普通に頭蓋骨が陥没して死ぬから！　やめれ！」

俺が攻撃を躱し続けると、アンリエッタが突然立ち止まって交換条件を提示してきた。

「うぅ……じゃ……ユーリの恥ずかしいことを何か教えて」

あまりに理不尽な要求に、俺は頭を抱える。

「は？　嫌だよ。何でそんな話になるんだ？」

俺がすかさず拒否すると、アンリエッタはそっぽを向いて頬を膨らませた。

「だって、私ばかり恥ずかしいんじゃズルいでしょ」

「んな、理不尽な！」

「いいの！　早く！」

アンリエッタに俺の意思を尊重する気はないようだ。無邪気な子供が駄々を捏ねるように、俺の恥ずかしい過去とやらを早く言えと乱暴に迫ってくる。

「えぇぇ……⁉　俺の過去に恥ずかしいことなんて……ないぞ？」

一瞬、リム達が言っていた裏ユーリなる俺のもう一つの人格のことを思い出した。だが、俺はその選択肢をすぐさま消去する。

アンリエッタがジト目で見てくる。

「変な間があったけど。じゃ……母さんについては？」

「俺は偉い貴族でね。お母様には会ったことがほとんどないんだよね。お父様とも結構、疎遠だったからな」

「へぇ……ユーリって、貴族様なんだ？」

「そうだ。俺は偉いんだ。早くこのなんとかの玉から出してくれないか？」

「それはダメだよ。せっかく面白い殺し合いの相手が見つかったのに。こんなところで止めるなんて出来ない。それにわざと負けるなんて絶対イヤ。ついでに言えば、手加減なんてもっとムリ」

「そうか残念。まぁ……お前が不器用なのは昨日戦って分かっているよ」

俺は焚火に落ち葉をくべて諦めモードで言う。俺の反応にアンリエッタが不満そうな顔をずいっと近づけてきた。

「違う」

「ん？　何が違う？」

「私は『お前』じゃない。私には、アンリエッタっていう立派な名前があるの。大体の人は私をアンって呼ぶから……そう呼んで」

「あぁ……はいはい。アンね」

「ふふ、それでいいの」

俺は無邪気に笑うアンリエッタを見て、内心、調子が狂うなと思った。そこには、昨日の悪魔のように強く恐ろしい印象の女性の面影は微塵もない。

そこで俺は、アンリエッタに再会したら尋ねようと思っていた疑問を口にする。

「アン……お前の本名って、もしかしてアンリエッタ・ガートリンじゃないか？」

「……なんで……それを知って？　まさか【鑑定】のスキルで調べたの？」

アンリエッタは驚きで目を見開くと、臨戦態勢になって警戒した。

「いや……いくつか話を聞いて、この考えに至ったんだ。俺はユーリ……ユーリ・ガートリンって名前でね。俺の妹の名前がアンリエッタだった」

「は？　うそ……うそでしょ？」

「まず、俺がユーリ・ガートリンであることは【鑑定】すれば分かるだろう？」

「私は【鑑定】を取得してないよ。じゃ……私の母さんの名前は分かるんだよね？」

「もちろん、リーナ・ガートリンだろ？　俺は一度も会ったことはないけど」

信じられないようなものを見る目で、アンリエッタが俺の瞳の奥を覗き込んでくる。

半信半疑なのは俺も同じだったが、彼女の疑問を俺は無言で肯定した。

「……本当に、お兄ちゃんなの？」

「ということに、なるのかな？」

「嘘……なんで……今頃」

アンリエッタの瞳からぼろぼろと涙が零れ落ちた。彼女は自らの感情を抑えきれず、その場で泣き崩れる。

「話してくれるか？　何でブラックベルなんて狂信的な組織に、俺の妹であるアンが入信することになったのか？　母親はどうした？　一緒にいたんじゃないのか？」

俺はアンリエッタに近づいて肩を抱いてやり、ゆっくり問いかけた。

アンリエッタは俯いてしばらく黙り込む。

十分ほど経った頃、か細い声でアンリエッタは言った。

「……母さんは死んだ」

俺は動揺せずに頷く。予想通りの答えだった。アンリエッタが実の妹だと知った時に、俺はどんな最悪な結果を教えられてもいいように、心の準備だけは固めていたのだった。

辛い過去の記憶と向き合ったせいか、アンリエッタは自身の肩を抱いてカタカタと震えだす。

「大丈夫か？」

俺は彼女の顔を覗き込むように問いかけた。

「う、うん。母さんは死んだ……私がちゃんとしていたら、母さんは死ぬことはなかった。だから、私が殺したようなものなんだ」

アンリエッタは俺の肩に強くしがみ付いた。そうして泣きながら自分を責めるような言葉をいくつも吐き出していく。

しばらく俺はアンリエッタの頭を撫でつつ、彼女が落ち着くまで待った。

アンリエッタが平静を取り戻すのを見計らい、俺は自分の考えを伝えた。

「そうか。あまり自分を責めるな。これはアンだけの問題じゃなく、近くにいてやれなかった俺やお父様にも責任がある。それで辛いだろうが……どんなふうにお母様が死んでいったのか、聞きたいところだけど……今は話しにくいよな？」

「……ううん、母さんが愛していたお兄ちゃんなら聞いてほしい」

アンリエッタは俺の胸に顔を埋めて、少しずつ過去の出来事について話し始めた。

◆

私と母さんは、クリムゾン王国とシャンゼリゼ王国の国境にある街で暮らしていた。その闇市で屋台をやって生計を立てていたの。

貧乏だったけど、私には母さんがいたから全然苦しくなかった。

でも、そんな平穏な日々は消えてなくなったわ。

街に嵐のようなセラン豪雨が来たのよ。

その豪雨が数日続いた夜――。

近くの山で土砂崩れが起きた。

それは逃げる時間もなく、あっという間だった。轟音と共に山から流れ込んだ濁流が、私の住んでいた平屋の家を瞬く間に押し流したの。

その時、私は九歳だったけど、その街では誰にも負けないほど強かったんだよ。

腕には自信があったし、誰が立ち向かってきても負ける気はしなかった。

だけど、街一帯を覆いつくす規模の土砂崩れが相手では、いくら私でも為す術はなかった。

『アン、貴女は生きて』

そう言ってニコリと微笑んだ母さんの顔を、私は今でも忘れられない。

母さんは私を濁流から押し出して流木にしがみ付かせた。ただ、母さんはそのまま濁流に呑まれた。

母さんは私の犠牲になって死んだの。

でも、流木に掴まっていた私も次にきた大きな波にさらわれてしまったのだけど。

次に私が意識を取り戻すと、そこには家も街も何もかもなくなっていた。

あの時、私にもっと力があったら……！

母さんは私の犠牲になんてならなくて済んだかもしれないのに……！

それからの生活は今思い出すだけでも酷いものだった。

とても孤独で、ただ心の底から寂しかった。

私は一人ぼっちになり、母さんを亡くした喪失感を紛らわせるため、日々荒んだ生活を送っていった。

戦いに明け暮れ、自分と相手の血を見ることでしか、心にぽっかりと空いた穴を埋めることが出来なかった。

そんな時だった。私がケルン先輩に出会ったのは。

ケルン先輩は強く、当時の私は完膚なきまでに叩きのめされた。

私は生まれて初めて、敗北という名の充実感を味わった。

――こうして私は、ケルン先輩という目標を見つけ、ケルン先輩と戦いたくてブラックベルに入信することになったのよ。

◆

「よく……話してくれたな」

「あ……お兄ちゃん」

俺は項垂れているアンリエッタを強く抱きしめる。

少し時間を置き、アンリエッタの気持ちが落ち着いたのを確認して、俺は口を開いた。

「けど、あまり自分を責めるなよ？　お母様が死んだのはお前だけのせいじゃない。さっきも言ったが、俺やお父様にも責任はある。それと」

俺が何者かの気配を感じ、森の方に視線を向けると、人影が現れこちらに向かって来た。

「誰⁉」

予期せぬ来訪者の出現に、アンリエッタが驚きの声を上げる。

「ふぅ……ちょっと気になって様子を見に来た」

木の陰から顔を出したのは、俺を助けてくれた冒険者のラルクだった。

「ラルクさん。心配かけてすいませんでした」

俺が謝ると、ラルクは首を横に振った。

「いい。話せたみたいだな」

「はい。なんとか」

アンリエッタは俺とラルクのやり取りを、ぽかんとした顔で見ていた。もしかしたら、この時空間に以前より閉じ込められたままの人がいる話は、聞かされていなかったのかもしれない。

「なんで、ここに私たち以外の人が？」

「やっぱり驚くよね」

ラルクの背後からひょっこり顔を出したリサが代わりに答える。

「なんだ。リサも来てたのか？」

「うん。ラルクさんがあなた達の様子を見に行くって言うから、ついて来ちゃったんだ」

俺が視線を向けると、リサは少しばつの悪そうな笑みを浮かべた。そのぎこちない笑みの底には、何かを隠しているような違和感を覚えたが、あえて指摘しないでおく。

「……少し話がしたい」

ラルクがまだ完全に警戒心を解いていないアンリエッタに対して重い口を開く。

「アンリエッタ・ガートリン。『希望の子』よ。すまなかった」

「?」

アンリエッタは身に覚えのない謝罪を受けて眉をひそめる。

「俺の名はラルク……君達『希望の子』を助け導く案内者という役割を、預言者イルーカ・シュルツから授かった者の一人だった。そして俺は君……アンリエッタ・ガートリンを担当していた。なのに……役目を果たせず失敗してしまった」

「な……何を言って」

アンリエッタはラルクの発言に理解が追いついていないらしい。その証拠に妙に挙動がおかしかった。

「……あの嵐の時、君と君のお母さんを助けることが出来なかった。使命を全う出来なかった」

ラルクは苦渋の表情で跪いた。

「……そんなこと言われても困るよ。私」

アンリエッタは跪いたラルクに向けて蚊の鳴くような声で言った。

「そうだな。すまなかった」

「お兄ちゃん……私、分からないことだらけだよ」

俺はアンリエッタに見つめられてゆっくり考えを話す。

「そうだな、いくつかの段階を飛ばしていたかもしれない。アンは一人で抱え込まず、俺やお父様にも一緒に背負わせてくれよ。ラルクさんはその嵐で片腕を失うほどの重傷を負った。案内者だからってなんでも背負わないでほしい。それで俺が一番何を言いたいかって言うと」

一度言葉を切ってアンリエッタを真っ直ぐに見つめて笑みを浮かべながら言った。

「……いつかみんなでお母様の墓参りに行こう」

「え?」

「どうせお墓の場所も知らないし、行ってないんだろ?」

「どういうこと? 母さんは土砂崩れに巻き込まれて……」

訳が分からないといった様子のアンリエッタの傍へリサが近づきその手を握る。

「僕達が見つけてちゃんと埋葬したよ。アンリエッタ……これは君のお母さんが付けていたモノに間違いないだろ？」

リサはアンリエッタの手の平の上に銀色の指輪を載せる。

指輪の外側には綺麗な宝石とガートリン家の貴族紋。内側にはお父様の名前とお母様の名前、それに俺とアンリエッタの名前が連名で刻み込まれていた。

アンリエッタは言葉を失い、指輪を握りしめたまま大粒の涙を流した。

俺は、自分に強くしがみ付いて嗚咽するアンリエッタの頭を撫でていた。

それからしばらくの間、誰も言葉を発することなく静かな時を過ごした。

アンリエッタが泣き止むのを待ち、俺とラルクで世界の崩壊の預言について彼女に説明していった。

一通り説明を終えたところで、ラルクが申し訳なさそうに俺にも謝ってきた。

「ユーリ。君にも……すまないことをした」

「へ？　何が？」

「いや、本来俺が預言通りの行動を実現できていたら、君ら兄妹が殺し合うなんて悲劇を生むことはなかった。君が死にかけることもなかっただろう」

首を傾げた俺にラルクが答える。その答えに俺が黙るとアンリエッタが口を挟む。

「あ……そうか、お兄ちゃん。どうしよう？　世界の崩壊を食い止めるんでしょ？　私達、早くここを出ないといけないんじゃない？」

「でもさっき、アンはワザと負けを宣言するなんてイヤだと言っていたが、いいのか？」

「う……世界が崩壊しちゃうかもしれないのだもの。がんばるよ」

アンリエッタはブラックベルのメンバーの仇として俺に戦いを挑んできた。

まあ、彼女の場合、怨恨や復讐心に燃えてというより、純粋に強い相手と戦えることを楽しんでいるようにしか見えなかったが。

ただ彼女が考えを変えて剣を引くというのなら、殺されそうになったから殺されないように仕方なく戦っていた俺にも戦う理由はない。

だからこれ以上、俺達が無益な死闘……馬鹿な兄妹喧嘩を続ける必要はない。

普通ならそう考えるんだが、俺はアンリエッタとの死闘を繰り広げ、彼女が妹だと知った時、ある考えに至っていた。

「アンが剣を引くとした決断はありがたい……ありがたいんだけど、この戦いは俺に必要なことなのかもしれない。すごい面倒だが」

「え？　どういうこと？」

訳が分からないと言った表情でアンリエッタが首を傾げる。

「いや……より正確には、この戦いは避けられないと思う」

「？」

俺はスッと手を伸ばしてアンリエッタの右手を握り、その薬指に嵌められた指輪に触れて尋ねた。

「アンに聞きたいんだが……かなり突飛な例え話になるけど、この『足枷の指輪』を外せたとして、世界を崩壊させることがお前一人に出来ると思うか？」

「え？」

「仮にだよ？　仮に」

「……さすがにそれは出来ないと思う」

「うん。だな。俺にも……いや、俺とアンの二人が力を合わせても無理だろう。そもそも人間の力でそんな大それたことが出来るか疑問なんだよ」

「何が……」

俺が言わんとしている発想に思い至ったのか、アンリエッタは言葉を呑み込む。

「つまり敵は、この世界を崩壊させられるほどの相手なんだ」

「……」

「俺は、今までいろいろな連中からなんだかんだ言われて力をつけてきたんだが、心のどこかで引っかかっていたことがある。というのは、それほどのとんでもない化け物が相手なら、たとえ強力な武器を手にしても、扱う俺が弱くては世界を守れる見込みはゼロだ」

　ラルクが俺の話の意図を汲み、渋い表情で言葉を繋ぐ。

「……それは世界の崩壊を企む者と同等の力がいるということか？　しかしそれは、もはや人間の領域を遥かに超えた存在だぞ？」

「俺とアンはこう見えても人間の領域のギリギリの位置にいると思っている。そんな俺とアンが真剣に戦って勝敗が決したとき、勝った方は莫大な経験値を得ることができるだろう？　そしたら、人間の領域は軽く超えられる。だから、この戦いは必要なんだ」

「……待ってくれ。『希望の子』である君らが潰し合わなくてもいいことではないか？」

「俺が本気で戦ったら少なくともクリムゾン王国に相手になる者はいない。もちろん、『クリムゾンの神剣』の二つ名を持つノア様を含めてもだ」

「それは本当か？」

「ああ。俺は力を『足枷の指輪』によって抑制された状態で、多少分が悪い程度で渡り合える実力があるんだ。今の俺と本当の意味で同等の力を有しているのは、俺と同じ【超絶】というチートスキルを所有しているアンリエッタだけになるだろう」

「……」

　俺の考えに絶句してしまったラルクから視線をアンリエッタに向ける。

「アンリエッタ……頼む。俺と戦ってほしい」

「……分かった。けど、私は不器用だから真剣勝負したら殺すまでやっちゃうよ？」

「分かっている。ただ俺は戦いを始める前に君と約束したいことがある。もし俺が負けたら、世界を守ってほしい」

「うん。もちろん私がお兄ちゃんを殺したら、この命は世界を守るために使うよ」

「まぁ、俺はそんな簡単に殺されないけどな」

「もう一度言うけど、殺し合いが始まったら私に手加減なんて出来ないから」

アンリエッタが好戦的な瞳を光らせる。どうやら何かのスイッチを押してしまったらしい。戦うことが生き甲斐(がい)とはいえ、その性癖(せいへき)はどうにかならないものか……。

俺は首を横に振って溜め息を吐く。

「だから、そんなにはっきり宣言せんでも、昨日の戦いで十分に分かってるよ……というわけだから、ラルクさんは気にしなくていいよ」

心配するラルクさんを納得させようと、俺は気軽な口調でそちらへ視線を向ける。

彼は一度頷いて言った。

「ああ……これはもう君達自身が決めた戦いだからな。案内者として失敗した俺が言えた義理じゃないが、困ったことがあったら何でも要求してくれ」

「ああ。よろしく頼む」

「……もちろんだ」

「……」

話が途切れそうになった時、リサが何かを思い出したように、パンッと手を叩いた。

「あ……！　二人とも、ひとまずウチでご飯でも食べないかな？　美味しいスープを作ってあるんだよ」

食べ物の話に反応し、アンリエッタのお腹が小さくクゥーッとなった。

「……」

アンリエッタは顔を赤らめてお腹を押さえる。

「お前……さっき魚を食べたばかりじゃないか？」

俺が少し呆れた口調で揶揄（やゆ）した。こいつ、意外と食いしん坊キャラなんじゃねえか？

「う、うるさいよ。お腹は減るものなんだから」


それから俺達は、リサとラルクさんの暮らしている洞窟に戻った。

そこで早速、温かいスープと香ばしいナンみたいなパンをご馳走（ちそう）になった。原料となる小麦は、近くに畑を作って栽培（さいばい）したらしい。

その後、食後のお茶を楽しんでいると、ずっと部屋の中にいたウサギのことが気になっていたようで、不意にアンリエッタが立ち上がり、ウサギ達と仲良くしたいと言いだした。

スキルの【隠匿】を取得していないアンリエッタは、ウサギ達に怖がられていたのだ。

「そうだねぇ。では、これをあげたらどうかな？」

リサが人参を取り出してアンリエッタに手渡す。

「え？　こんなんで仲良くなれるの？　単なる野菜だよ？」

アンリエッタは半信半疑で人参をウサギ達に見せた。

この作戦が効果覿面だったらしく、ウサギ達は我先にと好物の人参を掲げたアンリエッタに夢中で飛びかかっていく。

「なっ……何よ。これぇえ……!?」

「きゅい。きゅい」

アンリエッタはウサギ達に揉みくちゃにされている。

「きゅい」

「こら……！　私の指まで噛まないで」

アンリエッタは小さく悲鳴を漏らしつつも、内心では満更でもない様子だった。不器用な手つきでウサギ達に人参を食べさせる彼女の頬は柔らかく緩んでいる。

「そういえば、ウサギ達に名前はあるのか？」

俺は隣にいたリサに尋ねる。

「あー、うん。ユーリに懐いている白い毛並みのウサギの名前はチャユユ。あそこでアンの指に噛み付いた耳先だけ黒い模様のある白い毛並みの子がピュピュ助。あと茶色い毛並みの子がチュン美でしょ。牛みたいな模様がある子はポンタン。それとネズミ色の毛並みの子はラムチョ」

「……えっ？　なんだって？」

「だから、いいかい？　もう一回言うからちゃんと聞いてるんだよ？」

リサはそう言うと、五匹のウサギの名前と特徴を復唱する。

「もしかしてだが、チャユユやピュピュ助ってのは、名前か？」

「もちろん、そうだよ。可愛い名前でしょ？」

「いや、ていうか、むしろ残念で……可哀想」

「んな⁉　そんな馬鹿な‼」

ラルクは俺とリサのヘンテコなやり取りを見て破顔した。

その後、ウサギの名前を馬鹿にされたことで臍を曲げてしまったリサの機嫌を取るのに少々苦労したものの、それなりに穏やかで楽しいひと時を過ごした。


その夜――。

俺は珍しく夜中に目を覚ました。

よくよく考えたら、昨日はアンリエッタにぶっ飛ばされて昼くらいまで寝ていたのに、今日はあまり身体を動かすような運動もしてないしな……。

短期間に目まぐるしく状況が変化したことに加え、体力が余っているせいか、やけに頭の中が冴え渡ってしまい、上手く眠りにつくことが出来ない。

「ん……眠れん」

　俺は独りごちて寝返りを打つ。

　もう一度目を瞑り、布団に潜り込み寝る努力を試みた。

　しかし、やはり数分後には、ぱっちりと目が開いてしまう。

「やっぱり眠れん」

　そこで俺は寝るのを諦めて上体を起こし、ベッドから降りて上着に袖を通す。

　……少し夜の空気にでも当たってこよう。しばらく散歩でもしたら、そのうち眠くなるだろうし。

　俺は足音を忍ばせてリサとラルクさんの家を出ていった。


　この時空間における夜は、空中に浮かぶ光の玉の光量を昼間より抑えることで、闇の雰囲気を表現しているのだという。

「やっぱり、星が見えないとつまんないな……」

　薄暗く、仄かに明かりの残るような空を見上げながら、俺はポツリと呟いた。

　そう……あの日の夜――俺が、あの人をこの手にかけた夜も、こんな風に月明かりが強すぎて、星が見えにくい日だった。

血塗(ちぬ)られた両手を見つめながら、俺は思い出したくない記憶を振り払おうと、溜め息を漏らす。今更、変えようのない過去に立ち戻っても意味がない。

俺は澄んだ夜風に身を曝(さら)しつつ、当てもなく歩いた。すると、いつの間にか日中に訪れた湖にたどり着く。

しばらくの間、俺はぼんやりと星明かりもない静寂(せいじゃく)な湖面を見つめていた。

ふと、湖の中央付近に泡が湧き出ているのに気づいて目を凝(こ)らす。

ん……？　魚か？

徐々に泡の範囲は広がってくる。

怪物や魔物の可能性も否定できない。

俺は警戒心を強めて身構えた。

——バシャンッ！

と、音を立てて、それが姿を現す。

「アレ⁉」

視界に飛び込んできたものを見て、俺はすっとんきょうな声を上げた。

まさか、一日に二回も同じ形で驚かされることになろうとは。

そこに現れたのは、アンリエッタだった。

「ん？　お兄ちゃん？　どうしたの？」

「眠れなくてな」

「はは、奇遇だね。私もなんだ」

「……服を着てくれ」

俺は水に濡れた美しいアンリエッタの肢体から目を逸らしつつ、岩の上に置いてあった服を彼女に投げつける。

アンリエッタはその服を器用に受け取ると、俺の近くの岩に腰を下ろした。

「……」

「……」

気まずい沈黙を埋めるため、俺は無理矢理取り留めもない話題を作る。

ところが、アンリエッタには昼間の元気がなく、何やら上の空で俺の話を聞いていた。

「寒いだろ？　火でもつけるか」

「うん」

夜の冷たい空気に曝されて風邪でもひかないよう、俺が枯れ葉や枝を集めて火を点けた時だった。突然、アンリエッタが俺の背中に抱きついてきた。

「どうした？」

俺が静かに問いかけると、アンリエッタはしばらく何も答えず、じっとしていた。

やがて彼女はポツポツとか細い声で語り出す。

「私、夜は寝つきが悪いんだ。どうしても、いろいろ考えちゃってさ。母さんの命を呑み込んだ土砂崩れがあったのも、夜だったから……」

「そうか……」

「今日はお兄ちゃんに出会えて幸せだった。けど、お兄ちゃんは私と殺し合おうって言った。あの時は、了承してしまったけど……頭を冷やしてちゃんと考えたら、だんだん怖くなって来ちゃったよ。私……剣を握ると、手加減できなくて戦うことしか考えられなくなっちゃうから。私はまた……家族を殺したくない」

「……そうか。ただ、アンよ。一つ聞くが、何で俺が負けて殺される前提なんだ？　アンは俺を……自分の兄のことを舐めすぎだよ」

俺は眉間に皺を寄せて不満を口にしつつ、アンリエッタの手をゆっくり握った。

「昨日はやられて死にかけた癖（くせ）に」

「次はそうはいかない。覚悟が出来た」

「……お兄ちゃんは、その指輪外さないの？」

アンリエッタは俺の手を握り返し、その指に嵌められた『足枷の指輪』に触れて言った。

「俺の『足枷の指輪』に気付いていたのか。……外さないよ。この指輪は特別製で世界の崩壊を食い止めるのに必要らしいからね」

「けど、その指輪を外さないと、たぶん死ぬんだよ？」

「だから、そんなの、やってみなくちゃ分からないだろ？」

「分かるよ。お兄ちゃんだって……一度、剣を交えれば分かるはずでしょ？」

「もちろん。俺はそれが分からないほど弱くないし」

「なら」

「まだ使っていない特別な魔法がある。もし、その魔法を使ったらすぐに勝っちまうかもしれないぞ？」

「……その特別な魔法というものは、何か代償がいるんじゃないの？」

「ハハ、鋭いね。その通り、代償のない力なんてないよ」

アンリエッタは俺の言葉に俯く。そして、頭を俺の肩に預けた。

「……私、指輪は外さないことにする」

「ん？　なんでだ？」

「お兄ちゃんを、ちゃんと超えたい。ハンデを背負ったお兄ちゃんに勝っても嬉しくないし」

「は？　言っている意味が分からん」

「いいの。私が自分で決めたんだから。けど、お兄ちゃんは何でそんなに強いの？　何で、他人のためにそんなことが出来るの？」

「俺は強くないだろ？　昨日の時点で決断できていれば負けはしなかった」

「そんなことないよ。……ちょっとだけ、このままでいてもいい？」

アンリエッタは俺の背中を抱いたまま小さく呟いた。

「ああ……いいぞ」

「ありがとう」

「あーそういえば、アンは俺に過去の話をしてくれたんだ。俺も昔話を少しだけ話したほうがいいかな？　じゃないと不平等だよな？」

「ふふ、そうだね」

「面白い話ではないんだけど。血を分けたアンには聞いて欲しい」

「教えて。私もお兄ちゃんのことを、もっと知りたいと思ってた」

「――前世で母親を殺した」

俺は少しの間を空けて、アンリエッタにだけ聞こえるくらいの声量で言った。

「前世って……どういうこと？」

「信じがたいだろうが、俺にはこの世界ではない別の世界での記憶があるんだ――」

◆

これは前世の話――。

俺が十三歳の時の記憶だ。

俺には、生まれた時点から父親という存在はいなかった。聞くところによると、母さんの妊娠が分かった後に蒸発したのだとか。その時の状況を推測すると、俺がこの世に生を受けることになったせいで、母の夫がいなくなった、とも言える。

俺は母さんから虐待を受けることはなかったが、俺に接する視線の先には、しばしば父親の面影を見ていたようだ。

だから、俺は運動も勉強も頑張っていた。それこそ寝る間を惜しむほどに。

今の俺からは想像できないかも知れないが、俺は――、ただ母さんに、俺自身の存在を認めて欲しかったに違いない。

けど、そんな日々にも終わりが訪れた。

その日は、星の見えにくい夜だった。

俺の家では門限はなかったが、帰宅時間が遅くなると母さんには時々、酷く怒られることがあった。だから普段は、なるべく早く帰るよう心がけていたんだ。ところが、その日は友達との付き合いがあって、たまたま帰りが遅くなってしまった。

俺が友達と別れて当時住んでいたアパートに戻ると、もう夜も遅いというのに、何故か部屋には電気が点いていなかった。

俺は疑問に思いつつ、玄関の照明のスイッチを押してリビングの扉を開けると、やはりそこも暗いままだった。

……あれ、おかしいな？　母さんは出かけるなんて言っていなかったはずだけど。

俺が不審に感じて首を傾げながら、リビングの明かりに手を伸ばしかけた時だ。

窓が開いていたらしく、カーテンが夜風になびいてふわりとめくれ上がった。空にはいつの間にか月が出ていたらしく、その光が片手に包丁を握って立つ母さんの姿を映し出した。

ようやく俺の存在に気づいたのか、幽鬼のように立つ母さんが、壊れた笑みを浮かべて言った。

「ハハ……ハハハ……どうして私を置いていったの？　紡木さん」

「……どうしたの？　母さん」

俺は恐怖で後退さった。しかし母さんには俺の声など聞こえてないらしく、狂ったように俺を睨みつけてくる。

「もう嫌よ！　紡木さんのいない世界なんて！　……貴方が生まれたから……貴方さえ、生まれなかったら！」

母さんは包丁を振りかざして、鬼のような形相で俺を刺そうと迫って来た。

死を目の前にした時――。

俺は死にたくない！　と思った。心の底から生きたいと願った。

だから俺は、必死に抵抗した。

そうして俺が母さんと揉み合っていると、突然、母さんの腕から力が抜けていくのを感じた。

母さんはペタリと床に座り込んでいる。その胸には深々と包丁が突き刺さっていた。

そして、母さんは俺の足にすがりつくように、最後にこう告げたのだ。

「――貴方なんて、生まれて来なければよかったのに……」

俺は冷たくなっていく母さんを抱き寄せた。

そして、何も考えられずに呆然と立ち尽くしていた。

しばらく後、俺の口から譫言(うわごと)のような声が漏れた。

「ハハ……面倒臭い……」

血に濡れた手を眺めながら――。

それからどう過ごしたのか。俺はあまりよく覚えていないんだ。

なにもかもがどうでもよくなってしまい、俺は固く心を閉ざした。

幼馴染(おさななじみ)の桜(さくら)やその家族には、いろいろ世話になったと思う。

だから、なんとか生きてこられた。

◆

「ハハ、面白くないだろ？　これが俺の前世での話」

俺は乾いた笑い声を立てながら前世の話を終えた。それに対してアンリエッタは、ゆっくりと口を開く。

「……お兄ちゃんは、どうやって乗り越えたの？」

「いや、乗り越えられてないんだろうな」

「そっか……。話してくれてありがとう」

「……っ」

アンリエッタは俺の背中をさらに強く抱きしめ、その耳元に顔を近づけて呟いた。

「生きていてくれてありがとう。……じゃなかったら、お兄ちゃんとは出会えなかったんだよね？」

俺の昔の記憶がフラッシュバックした。

そうだ……。そうだった。

瞳からぼろぼろと涙が零れて頬を伝う。

「あ……」

「ど、どうしたの？」

アンリエッタが俺の頬に手を添えて涙を拭いながら尋ねる。

昔、同じことを桜に言われたことがあったんだ。

何で忘れていたのか……俺が立ち直るきっかけになった、大切な言葉だったはずなのに。

「ハハ……その言葉……言われるの二回目だ」

「……そうか、残念だな」

「俺からもアンに言いたい。生きていてくれて、ありがとな」

「……馬鹿、それ私のセリフだよ。私のターンなんだから、泣かせないでよ」

アンリエッタは俺の胸に顔を埋め、体を震わせて涙を零す。

「ハハ、アンは泣き虫だな」

俺は前世の記憶を吐き出すことで、自分の心が少し軽くなったのを感じ、星の見えない夜空を仰いだ。

◆

『ケイリの玉』の中に閉じ込められてから三日目。

ラルクとリサの作った洞窟の家は、俺達兄妹が加わって暮らすにはさすがに狭かった。

そこで俺は、自分達が暮らす新しい家を作ることに決めた。アンリエッタとの殺し合いも長くなりそうだし、本格的にやり合うなら森の中のほうが何かと便利である。

俺とアンリエッタが家を建てる適当な場所を探して歩いていると――。

「私は外でもいいんだけど……。ここ、雨とか降らないいし」

前を歩くアンリエッタが「家はいらない」と俺に主張する。

「いや、ダメだ。アンも女の子だろ？」

俺は溜め息混じりに頭を横に振って彼女の意見を退ける。

「う……そうだけど……」

「湖が近い所がいいな」

「……もう勝手にして」

アンリエッタが諦めたように言った。

「風呂の準備とか楽だし」

「え？　風呂なんて豪勢なモノを作るの？」

俺の風呂を作る宣言に、アンリエッタは後ろを振り返って目を瞠る。

「当たり前じゃん」

そんな会話をアンリエッタと交わしていると、洞窟の家から森にたどり着いた。

森を歩いていると、顔の付いた木や花が相変わらず陽気な声で話しかけてくる。

正直、気持ち悪いのであまり絡みたくないが、ここを通過しなければ湖に行けないので仕方がない。

煩わしい彼らの言葉を適当にスルーしているうちに湖へ着いた。

ぐるりと周囲を見渡すと、家を建てるのにちょうどいい場所を発見した。ところが、その場所にも例の木や花が生えており、陽気に話しかけてくる。

『おや、今日はお二人ですか？』

『今日はいい天気だね』

『何かお話ししませんか？』

『元気。元気』

『お話～』

木や花達は体を横にゆらゆらと揺らしながら愉快に話しかけてくる。昨日彼らを見つけた時から知っていたが、木や花達は自分の意志で動けるらしい。

さて、どうしたものかと思案していると、今度は近くの木が勝手にしりとりを開始した。

『そうだ、しりとりでもしようよ……シカ』

『じゃ……次は私が行かせてもらうね。カニ』

『次は人間さん。貴方の番だよ？』

彼らのやり取りに目を奪われていると、いきなりしりとりの番が回ってくる。

「あぁ……俺ね。じゃ……ニンゲン……あ、ンが付いちゃった」

俺は、とっとと本題を切り出したかったのでワザと負けた。

すると、花達は楽しげに笑ってくる。

『負け～』

『人間さんの負け～』

『すぐに負けちゃったぁ～』

『楽しい。楽しい』

『しりとり、楽しい～』

やれやれと俺は肩をすくめて彼らを無視し、家の候補地(こうほち)にデンッと立っている木に声を掛けた。

「もういいかな？　話があるんだけど」

『なんだい？　人間さん？』

「やっぱり、人間の顔のあるお前らを切るのは何とも忍びないから……移動してくれん？」

俺は周りの木や花を観察していてその発想に至った。

リサ曰く、この森は『迷いの森』とのことで、木や花は自分の意志で道を変えたり、目印を消したりして森に侵入した人間を迷わせるんだとか。

つまり、彼らは動けるわけである。

『え？』

「だから、ここに家を建てたいから移動してくれない？」

俺が再び移動してくれるようにお願いすると、周囲の木や花達が一斉に騒ぎ出す。

『むりむり』

『私達はここに生まれて、ここで死んでいくのです』

『そうだそうだ！』

『僕らはここで生きてるんだ！』

「じゃ……仕方ないな。アン、切り倒そうか。お前らの死は無駄にしないよ」

「分かったよ」

俺とアンリエッタは剣を手にして構えた。

『え……？　待って！　待って！』

『分かった。分かった。すぐに退くから！』

『うむ……住めば都という言葉があるしな』

木や花は地面から這い出すと、根っこを足のように動かして歩きだした。

十分もしないうちに、家を建てるのに丁度いいスペースが確保できた。アンリエッタが彼らを見送りながら、しみじみとした口調で呟いた。

「本当に変わった生き物ね」

「そうだな。ちょっと、どうやって動いているのか解剖して調べたいな」

「でも結局、木を切って家を建てるわけじゃないの？」

「あぁ……俺は冒険者として野宿することが多かったから、魔法で簡易な家を作る練習をしていたんだ。ただそれには準備が必要だから、アンは落ちている木の枝を拾って集めてきてくれないか？」

「分かった」

俺は候補地の地面の中央と四方に魔法を補助するための魔法陣を描いていく。

そして俺は、その中央に出来上がった魔法陣に手をついて魔法を唱えた。

「オリジナル魔法……【グランドハウス】」

魔法の発動と同時に周囲の土が盛り上がり、家の輪郭が形成されていく。

あっという間に、コンビニほどの平屋建ての土の家が完成した。

……なかなかいい出来だな。

家の耐久性も問題ない。この時空間内では雨は降らないようだが、この家は本物の山や森で使用するように設定している。何日か雨が降り続く日があったとしても大丈夫なように、屋根や壁は高圧力で圧縮して頑丈に出来ている。ちなみに、水回りは石を敷き詰める設計にしてある。

それから風魔法の【エアーブレード】で土の家の形を整えて仕上げにかかる。

そこへ木の枝を両手に抱えたアンリエッタが帰って来た。

「これ、本当にお兄ちゃんが作ったの？」

「ん？　そうだよ。ちょっと不格好だけど作りは丈夫だから」

「すごい……！　お兄ちゃんに魔法では敵いそうにないね」

「ただ、ベッドとか室内用の家具を作るのはまた明日かな？　今日は食糧の確保で時間が割かれるだろうし」

「別にベッドとかは、いらないいんじゃ……」

「いや、俺がないと嫌なの」

「そ、そう」

「そうだ。アンの部屋も作ったから案内するよ」

この平屋建ての家の間取りは、六畳くらいのそれぞれの部屋に加え、リビング、風呂場、調理場、トイレ、地下室で構成されている。

「ここが私の部屋？」

「そうだよ。扉は作るのが面倒だったから引き戸な」

アンリエッタは引き戸を開けて、自分の部屋を興味深げに覗く。

その部屋は、土を押し固めて作ったベッドと椅子、机があるだけの簡素なものだ。

「荷物を置いたら食糧を確保しに出かけるから」

「分かった。四十秒で準備するね」

「はや！　ゆっくりでいいのに……。他に何か足りない家具があったら言ってくれ」

「分かったよ。あ……ありがとう。お兄ちゃん」

「お、おう」

顔を少し赤らめてそっぽを向いたアンリエッタに、俺は頬を掻きながら答える。

そして俺達は家を出た。


俺とアンリエッタで森の中を歩いていると、アンリエッタが声をかけてきた。

「それでどうやって食糧を確保するの？　あ、また釣りするの？」

「いや、今日は森の動物を捕まえて焼肉にしようかな？　ベッドにする毛皮の確保も出来て一石二鳥（いっせきにちょう）だしな」

「私が森の中に入れば動物達は怖がって逃げて行っちゃうけど……。私は足手（あしで）まといじゃない？」

「いや、俺がいれば何とかなる。ここからは二手（ふたて）に別れよう。アンは約十分後に、あの大きな岩に向かってジグザグに走って来てくれ。俺が罠を作っておくので、罠にかかった動物達を狩（か）っていくぞ」

「……」

「なんだ、その何か言いたげな表情は」

「思ったよりも、お兄ちゃんが鬼畜だった」

「……」

「……」

「ぷ……アンには言われたくないな。いきなり俺を拉致して、殺し合いに巻き込む人間のほうが、どう考えたっておかしいからな」

「あ……そうかも」

「じゃあ。十分後な。それから、時計は貸すけど壊さないように」

「分かったよ」

俺は服の内ポケットに入れていた懐中時計をアンリエッタに手渡す。

そして俺は、大きい岩のある場所に向かって走り出した。

目的地にたどり着くと、例のごとくまた木達を交渉して場所を譲ってもらい、俺は一帯を魔法で沼に変えた。

待つこと十分弱――。

地響きのような足音が轟き、イノシシの大群が沼に向かって突っ込んで来た。

彼らのうち、すべてが沼に捕らわれなかったが、十頭が沼に嵌まり込み抜け出せずにもがいている。

「まぁ、これだけいれば当分の食糧は大丈夫だろう」

「ふう……本当に成功しちゃった」

「じゃ……仕留めよう。アンが使ってた黒い剣で感電させてくれ」

「へ？」

「ん？　だから、沼に黒い剣を突き刺して電気を流してイノシシ達が暴れないようにしてくれ」

「えっと、私の剣はそういう使い方をするためのものではないのだけど」

「いや、俺は家を作るのに結構魔力使っちゃったんだよ。雷魔法を使うと、魔力の消費量がやばいことになりそうなんだ」

「……分かったよ」

アンリエッタは渋々といった態度で沼に剣を突き刺し、電気を流してイノシシ達を倒していく。

それから俺達は、イノシシさん達の血抜きをして美味しくいただいた。

余った肉に関しては、地下室の貯蔵庫に氷魔法で凍らせた状態で保管したのだった。

◆

その日、昼食を済ませてようやく俺達は本題に入った。

「じゃ……そろそろ殺し合いを始めようか？」

「物騒な表現だな」

「だって、それ以外に言い様がないでしょう？」

「まぁ……そうだが……本当にいいんだな？　指輪を外さないで」

「お兄ちゃんも、制約の中で戦ってるんでしょ？」

アンリエッタは視線を落として、俺が嵌めている指輪を見る。

「……ああ、昨日も話したが、この『足枷の指輪』はアンが着けている指輪と同じで力を抑制する。ただ、この指輪は特別製で抑え込んだ力を別のことに還元する。世界の崩壊を食い止める力になるんだとか。だから、絶対に外せないし、もしアンが俺に勝ったとしたら、この指輪を持っていてほしい」

「お兄ちゃんが……。誇らしいな」

「は？　なんだよ？　突然」

「お兄ちゃんは、世界を救うために自ら重荷を背負っていたんだね」

「バ……バカ野郎。そんな、キザったらしい理由のわけないだろう。ほら、アレだよ。単純に面倒だって話」

「全然意味分かんないし。けど、そうだね。今はそんなことよりも、この殺し合いを楽しむのが最優先だよね」

「ハハ、楽しむってお前な……本当に面倒」

俺とアンリエッタは笑い合いながら互いに武器を構える。

ふと会話が途切れると、徐々に周囲の音が聞こえなくなってきた。

そして――俺達が対峙して五分が過ぎた頃。

俺達は沈黙を破り、一瞬で互いの間合いを詰めて激突した。

金属同士がぶつかり合って激しい火花を散らす。

やはり、純粋な剣と剣の戦いでは俺が押されている。

俺はワザと一瞬の隙を作ることでアンリエッタの剣を【ショートワープ】で躱し、彼女の背後に移動して剣を振るった。

しかし、アンリエッタは間一髪のところで俺の剣の太刀筋を読み、体を反らすことで上手く避けた。すかさず俺は【ファイヤーボール】を撃ち込みつつ、二メートルほど後方に飛び去るが、アンリエッタはそれをいとも簡単に剣で切って反撃に備える。

「本当にその消える魔法は厄介だね」

「よくあの体勢から躱せるよね」

「その攻撃パターンは前に見せてもらったからね。ただ、前より魔法が少し速くなった？」

「まったく厄介だな」

「ふふ、次はどんなふうに私を楽しませてくれるのかな？」

俺は剣を握り直して構えた。

ちなみに、先日の戦いで粉々に砕かれたディランの剣は、破片を拾い集めて魔法で修復した。その際、次のアンリエッタとの戦いに備え、剣を電気に強い金属に置き換えられないか試してみた。その結果、試行錯誤の末に強度と絶縁性の高い剣を製作することができた。

こうした対抗策もあり、単純な魔法戦では優位に立てる。だが、勝負に勝つためには剣の腕でもアンリエッタに近づく必要があった。ただ、そのためには戦いをこなし彼女の技術や経験を吸収していかなくてはいけなかった。そして逃げ道になってしまう魔法に頼ることがないようにしなくては。

魔法の使用に制約を設けるとあっさり殺されるかもしれないが、リスクを避けていては力は得られない。

「はぁ……面倒臭い」

「じゃ私のほうから行かせてもらうね」

俺達は飽きることなく、日が暮れるまで戦いを続けるのだった。

辺りが暗くなった頃――。

俺とアンリエッタは互いの首元に剣の刃を突き立てていた。

「もう暗くなっているし……今日はここまでにしよう」

「うん。私も満足した。私は今……生きているよ」

こうして俺とアンリエッタは互いの剣を引き、死闘の第二幕は終わるのだった。

◆

『ケイリの玉』の中に閉じ込められてから早一カ月。

「ん……重い」

俺は寝返りを打とうとして目が覚めた。何か重たいものが身体の上に乗っている。俺は目を擦って、その感触の正体を確かめるために起き上がる。ぼやける視界に入った俺の掛け布団が不自然に膨らんでいた。

「ん？」

首を傾げながら布団を捲ってみると、アンリエッタが気持ち良さそうにすやすやと寝息を立てていた。

……は？　何で、アンリエッタが俺のベッドにいるんだ？

純粋な疑問を持ちつつ、俺はどうしようかと首を捻る。

まあ、とりあえず、彼女を起こして自分のベッドに戻ってもらうとしよう。

俺はアンリエッタの肩を揺さぶりながら声を掛ける。

「お～い。アン。自分の部屋で寝てくれ」

「んー？　どうしたの？　お兄ちゃん？」

俺がアンリエッタの体を揺さぶっていると、彼女は眠たそうな声で返事をする。

「アン、ここはアンの部屋じゃないだろ？」

「ん？　何で私はお兄ちゃんのベッドで寝てるの？」

「俺は知らんけどな」

「まぁ……いいか、このままで。こっちのベッドのほうが暖かいし」

いや、俺は良くないんだが……。しかし、もう一度眠りについたアンリエッタは、俺の再三の呼びかけに答える気配はまったくない。

俺は徐々に面倒になってくる。

「まぁ……いいか」

気持ち良さそうに眠るアンリエッタの寝顔を見ると、なんだか無理やり起こすのも躊躇われ、俺はもう一度ベッドに入ると、二度寝を開始するのだった。

「お兄ちゃん。起きて。起きてよ」

「ん～？」

俺はアンリエッタに体を揺さぶられて目を覚ました。先ほど二度寝してから体感的に結構時間が経ったのが分かる。ただそれでも、まだ起きるには早い時間だと思うのだが。

「やっと起きてくれた」

「ん？　なんだ？」

俺は寝起きでぼーっとした頭を押さえて返事をした。すると、アンリエッタがずいっと顔を近づけてくる。

「昨日、お兄ちゃんが言ってたんじゃん」

「ん？　何を？」

「今日はリサからいつも野菜をもらっているから、お礼に畑仕事を手伝おうって」

「あぁ。そういえば」

アンリエッタに指摘されて、俺は手をポンと叩いて思い出す。

「さぁ。早く準備しよう？」

アンリエッタは俺のベッドから降りて急き立てる。まぁ……準備といっても、作業着に着替えるわけではないので、顔を洗うくらいなんだが。

「ところで、何で俺のベッドに潜り込んでいたんだ？」

再度、アンリエッタに先ほど聞き損ねた質問を投げかけた。しかし、彼女はそっぽを向くと「わ、分かんないよぉ」と言って、俺の部屋から出て行ってしまう。

一体、何だったのだ？

俺は首を傾げながら畑仕事の手伝いに向かうべく、ベッドから立ち上がるのだった。

◆

俺は開拓予定地に来ていた。

そこには、すでに先に来ていたリサが畑を作る準備をしており、俺達の姿を見つけるとにっこり笑みを浮かべて話しかけてきた。

「ユーリにアン。手伝いに来てくれてありがとう」

「気にするな。リサ達には世話になってるしな。けどさ、こんなに早く始める必要なんてあったかな？　まだ、朝の六時くらいだけど」

俺は欠伸を噛み殺しながらリサに尋ねた。

さも当たり前な表情でリサが答える。

「農作業ってのは、こんなもんだよ？」

「そうか……？　そうなのか？　スローライフって、結構大変なんだな」

「そうだよ。スローライフってのは、すごい覚悟と信念がいるんだよ」

「覚えておこう」

　俺はゆっくりと頷く。

　そのやり取りを隣で見ていたアンリエッタが、鍬（くわ）を片手にリサへ作業の確認をする。

「いや……何の話しているのか、さっぱりだけど。それで、今日はこの雑草の生（お）い茂（しげ）る場所に畑を作りたいんだって？」

「うん。ちょっと手狭（てぜま）になってきたものだから。畑を二つに分けて、農業と畜産（ちくさん）を両立させるスペースが欲しくなってね」

　アンリエッタはリサの話の意図が理解できず、さらに質問を続ける。

「それに何の意味があるの？」

「家畜の排泄物（はいせつぶつ）を、畑で野菜を育てるために使いたいんだ。つまり、土の栄養として活用したいわけ」

「へぇ～、家畜の糞（ふん）が土の栄養になるんだ？」

　アンリエッタは本当に理解しているようには思えないが、とりあえず首を縦（たて）に振っている。それを見たリサは苦笑しながら付け加えた。

「正直なところ、僕も昔読んだ本の知識を引っ張り出した俄仕込みにすぎなくって。実は、今回が初めてのチャレンジなんだよね」

「まぁ。この時空間に図書館があるわけでもないし。いろいろ試して生活を向上させるのはありだろうな。ということは、ラルクさんが家畜に出来そうな動物を確保しているのか？」

「はい。前に森に入った時に豚の群れを見た、と言っていたので頼んだんだよ」

俺の質問にリサが答えた。

そんなやり取りをしていると、アンリエッタが急かすように俺の服を引っ張る。

「じゃあ……早く始めようよ！　私もこういうのは初めてだから、ちょっと楽しみだったんだよね」

「では早速始めましょうか。けど、農作業は大変ですから、ゆっくりやっていきましょう」

そこで俺達はすぐに仕事に取り掛かった。とはいえ整地作業は魔法で簡単に出来るのだが、野菜を育てるのに適した柔らかい土を作るのは思いの外難しかった。

なので、リサから事前に渡されていた設計図を参考に、俺は土魔法を使い専用の農具を作っていた。

「ちなみに、このラインの中を畑にしようと思っているんです」

「アレ？　ラインの内側って……学校のグラウンドくらいのサイズがあるよね？　聞いていた話より三倍くらい大きいけど？」

俺はリサが身振りで示した土地一帯を見て眉をひそめた。

「え、何のことです？　最初からこのくらいの畑が欲しいなぁと……」

「いや、聞いてた話と違うでしょ？」

惚けた顔で少しおどけて見せるリサに、俺はジト目になって再び問いかけた。

「へへ。ユーリとアンが付き合ってくれるって言うから欲張っちゃった」

「欲張っちゃったって……欲張るにもほどが……」

俺が広大な開拓予定地を眺めて頭を抱えていると、突然、アンリエッタに背中を叩かれた。

「もうお兄ちゃん……！　引き受けちゃったんだから、やるしかないよ。男に二言はないよね？」

「いや。俺はその二言をしているんだ」

「いいから。ほら、鍬待って」

俺はアンリエッタに言われるがまま鍬を持たされる。

「ありがとう。鍬入れの儀式はユーリにお願いしていい？」

畑を歩いていると、後ろからリサに声を掛けられた。

「ん？」

「鍬入れの儀式って？」

聞き覚えのない単語を耳にした俺とアンリエッタが振り返って聞く。

「要は畑を作る時のおまじないみたいなものかな？　昔、テレ……いや、本で読んだんだ」

「へぇ？　聞いたことなかった」

おまじないのことを聞きアンリエッタは興味深げだ。俺は話を進めるべく問いかける。

「それって、具体的には何をすればいいんだ？」

「正式には神職に携わる人とかを呼んだりするみたいだけど、ここにはそんな人いないし。僕が読んだ本によると、鍬を一回地面に突き刺して、お酒を撒くんだって。それを鍬入れの儀式にしていたな」

「なんだ。簡単じゃん。じゃ……お兄ちゃん、鍬を構えて。構えて。ほらほら」

「強引だな。ほら」

「じゃ……一回、地面に突き刺して」

「はいはい。よっこらしょっと！」

俺はアンリエッタの指示に従い、鍬を構えて地面に突き刺した。

「ふふ、ユーリありがとう」

「けど、お酒ないじゃんか」

　お礼を言って近づいて来たリサに、俺は率直な疑問を口にする。ところがリサは何やら笑みを浮かべつつ、自分の懐から得意気に瓶を取り出して見せてきた。

「あるよ。ほら、ラルクさんのベッドの下から持ってきたんだ」

「それって……使っていいのか？　怒られないかな？」

「ちょっと借りるだけだよ。それにちゃんと返すよ」

　俺はその行為を止めようとした。しかし一足遅く、リサはニコリとして周囲にお酒を振り撒いてしまった。

「あ……あーあ。撒いちゃったよ。中身は返せないじゃない？」

「大丈夫だよ。水でも詰めておくんで」

「……」

　俺は、悲しそうに嘆くラルクさんの顔を思い浮かべ、少しだけ胸がチクリと痛くなるのだった。

「やっぱり広いよなぁ」

　俺は開拓予定地を一望しながら、その場に生えていた草を引っこ抜いた。

　それを目にしたリサが注意してくる。

「あ……ユーリが今手で触ったイナ草は、かぶれるから気をつけてね」

「え……そういうのは先に言ってね？」

「え？　あ！　そうだね」

「『あ！　そうだね！』じゃねぇよ。イナ草はかぶれるって……おい、ここら一帯、そもそもほとんどイナ草ばっかじゃねぇか」

　リサに文句を言っていると、アンリエッタが近寄って来て俺の手を掴んだ。

「そういうことなら、早く火魔法で雑草を焼いてくれる？」

「あのね。俺は便利道具じゃねぇんだがな。……ったく、火魔法……【ファイヤーレイン】」

　俺は手を前に突き出し魔力を集めて魔法詠唱する。するとバスケットボールくらいの大きさの火の球が六つ出現した。火の球は開拓予定地の上空に均等に浮かび上がる。

「あ……あの、あまり勢いよく強火で燃やし尽くさないでよ？　良質な土を作る地中の微生物達に死んでほしくないから」

　ここは一旦、大火力で開拓予定地を灰燼（かいじん）に帰（き）してやろうとした時、リサは少し言いにくそうにお願いしてくる。

「む……そうか、加減が難しいな」

　俺は魔法の威力を調節するため、緩慢（かんまん）な動作で両手を合わせた。その行為に合わせて、火の球は野球ボールくらいの大きさに弾けて大地に降り注ぐ。

「うひゃ……すごいね」

打ち上げ花火がシャワーのように地表を洗う光景に、アンリエッタが感嘆（かんたん）の吐息を漏らす。

「何言ってるんだ。アンはこの魔法を叩き切ったことがあるんだけどな」

「ハハ。そうだっけ？」

「そうだな」

俺がアンリエッタと笑い合っていると、少し後ろからリサが「すごい。さすが……！」と絶句する声が耳に残った。


「うむ……やはり」

魔法の威力を加減して使ったせいだろう。広すぎる開拓予定地には雑草が焼け残り、結構ムラが出来てしまった。そのため結局のところ、俺達は再び草むしりを行うことに。

「うぅ……中腰つらいなぁ」

俺は慣れない姿勢がつらくなり、背中をトントン叩く。

すると、何故か猛烈（もうれつ）なスピードで草むしりに従事していたアンリエッタが振り向いて言った。

「とりゃとりゃ！　私のほうが草をむしってるよ。このラウンドは、私の勝ちだね」

「え？　何々？　このラウンドって何？　……これって勝負だったの？」

「世の中、すべてが勝負だよ」

「俺はそうじゃないと思うけど」

「あぁ……私に負けるのが怖いんだ」

アンリエッタはニヤリと挑戦的な笑みを浮かべた。

「な……何言ってるんだよ。俺は負けないよ」

「それなら勝負ってことでいいよね？」

「……は！　ハハ、俺が負けるだって？　そんな……そんなことないよ。あるわけ……」

俺はアンリエッタの意表をついて言葉を切ると、残りの草を刈るべく駆け出した。

「あ……お兄ちゃん。ずっこい！」


それからさらに三十分後。

「第一ラウンド終了～」

リサが高々と宣言した。

俺とアンリエッタは開拓予定地の上に二人仲良く横に並んで倒れていた。

それぞれの近くには、あたかも戦利品のように雑草の山が積み上がっている。

「はぁはぁ……」

「はぁはぁ……」

俺は先に起き上がり、その山を指さしてアンリエッタに勝利宣言をする。

「俺のほうが多いだろう?」

「いいや。私のほうが多いでしょう?」

「何?　どこに目をつけてんの。俺のほうが多いだろう?」

「お兄ちゃんこそ、死んだ目をしてるから、真実が見えてこないんじゃないの?」

「何ぃ?　お兄ちゃんに向かって、何て言い様だ」

「なんでもお兄ちゃんが偉いわけじゃないんだからね。私達、双子なんでしょ?　お兄ちゃんなんて、少し早くお母さんのお腹から出て来ただけじゃない」

「うぅ……」

「ふぅ……」

俺とアンリエッタは睨み合う。冗談なのか本気なのか。お互いに「いー」だとか「あー」だとか、いがみ合っている兄妹を見て、リサが戸惑いながら非情な宣告を下す。

「ま、まぁ～。せっかく第一ラウンドが終わったんだし。休憩は十分しかないんだから、ちゃんと休まなきゃ」

「うへぇ……休憩十分は短すぎん?」

俺はアンリエッタから離れてリサに抗議する。

しかし、リサは笑みを浮かべながら拳を突き上げた。

「まだ、始まったばかり。頑張っていこう」

「頑張っていこうって……やっぱり、広いだろこの畑」

「大丈夫だよ。僕達にならできる。ちなみに次は鍬で土を耕すラウンドだよ」

「おし！　さあ、お兄ちゃん。今度はどちらがどれだけ土を掘り返して、畑の面積を広げられるかで勝負だね」

アンリエッタがやる気を張らせてリサと同じポーズを取り、俺に挑戦的な流し目を送る。

「うへぇ……もういいよ。疲れたぜ」

「そうなんだ。じゃお兄ちゃんの負けっていうことでいいんだよね？」

「……そういうことを言ってんじゃないだろ？」

「ねぇねぇ。私に負けるのが怖いんでしょ？　〝負けワン公〟になるから嫌なんでしょ？」

「だから、さ……違うって……！　あと、なんだその、〝負けワン公〟ってのは？」

「〝負けワン公〟っていうのは、負け犬の遠吠えしか出来ない敗北者のことだよ」

「ハハハ。アンも、おかしなことを言うな。俺が敗北者だと？」

「これからやる勝負から逃げるなら、必然的に負けってことになるじゃん」

「いや、誰が勝負から逃げるなんて言ったんだよ……！」

「あ……！　お兄ちゃん。ズルい！」

俺は再び先手を打って開拓予定地へ走り出した。その後を、鍬を担いだアンリエッタが追って来る。

それから何ラウンドしたか、よく覚えていない。

とにもかくにも俺達はデッドヒートし、ただがむしゃらに戦い続けた。

俺とアンリエッタの意味不明な競争は食事の時間にも及び、そこではフードファイターのように早食いをしていた。


俺とアンリエッタは荒い息づかいで対峙していた。

開拓予定地……いや、すでに農園の体（てい）をなしている土地の真ん中に立ち、二人して肩で息をしながら額（ひたい）に濃（こ）い疲労感を滲（にじ）ませる。

「はぁはぁ……引き分けだな」

「はぁはぁ……引き分けだね」

「う……もう動けん」

「わ……私も」

体のあちこちが痛い。普段、使い慣れていない筋肉を酷使したせいだろう。

「ふふ。お疲れ。いいモノが出来たよ」

「……いいモノだと」

「いいモノ……？」

「ユーリとアンが、これでもかってくらい雑草を、いーーっぱい、集めてくれたからね」

リサが満面の笑みで開拓した農園を指さした。そこでは山と積まれた雑草が堆肥となるべく燃やされていた。

十分ほど待つと、雑草の山がすべて燃え尽きた。

リサが燃えかすの黒い煤を木の枝で払いのけると、石を組んだ窯のようなものが現れる。

「ユーリ。あの窯を魔法で開けてくれる？」

「あぁ……あの中に何かいいモノでも入っているのか？　【ハンド】」

「うん」

俺が手を前に突き出し魔法詠唱すると窯の蓋が開いた。その中からリサが示す物を取り出す。何やら焼き野菜の甘い匂いがした。

「ん？　人参？」

流れてくる匂いの正体は布に包まれた人参だった。俺はそれを地面に置く。

アンリエッタが表情を曇らせ口を尖らせた

「いいモノって、野菜ぃ……？」

「そう人参だよ。先日、品種改良の果てに、私がやっと完成させた特別に甘い人参だよ」

リサはよほどの自信作なのか胸を張る。

「野菜が……人参が、甘いわけないじゃん。私は食べないよ！」

野菜が全般的に好きではないアンリエッタは、早くも食べない宣言を行う。

期待していたいいモノというのが人参であったことにアンリエッタは不満顔になった。

俺はそんな彼女を尻目に改めて焼き人参の匂いを嗅いだ。例えるなら、カボチャのような甘い匂いといったところか。

「うむ……焼き人参ってところか？　いい香りじゃないか？　食べていいのか？」

「どうぞ。どうぞ」

リサはにっこり笑って俺に焼き人参を勧める。

俺は早速、一口かぶりついた。匂いは火を通したカボチャと表現したが、実際に口にした味は桃みたいに甘かった。

その美味さに焼き人参を食べる手がどんどん止まらなくなる。

「はぁ～うまい」

夢中になって焼き人参を食べていると、すぐに自分の分がなくなった。そこで、先ほどいらないと言っていたアンリエッタの分の焼き人参に手を伸ばしたのだが……。

「もう一本……」

「……」

アンリエッタは無言のまま焼き人参に伸びた俺の手首を強く握った。

「どうしたんだ、アン？　野菜はいらんのではないか？」

俺は無言で俺の手首を掴んでいるアンリエッタに視線を向けて問いかける。

「……食べる」

「へ？　何？」

「だから食べるって……」

アンリエッタはおずおずと焼き人参を手に取った。そして、一度喉(のど)を鳴らして一口食べようとした時である。

遠くのほうから「ドドド……」という地鳴りが響いてきた。

「きゅいきゅいきゅい～～～～！！！！！」

猛烈なスピードで五匹のウサギ達がアンリエッタに向かって突進していく。

俺は呆気(あっけ)にとられながらリサに問いかける。

「なんだ？　アレ？」

「あ……もしかして、品種改良した人参『マークチンドド』の匂いに誘われたのかもしれん」

「え？　なんだって？」

ド
ド
ド
ド
ド
ド
!?

「だから、『マークチンドド』だよ」

「はぁ～」

「え？　何か？　僕のネーミングセンスに文句でもあるのかな？」

アンリエッタは焼き人参を抱えたまま、群がるウサギ達から逃げ回っている。俺とリサはその滑稽な様子を見ながら言い合っていた。

「お兄ちゃん～。こいつらどうにかしてよぉ！」

「きゅい！　きゅい！」

◆

『ケイリの玉』の中に閉じ込められてから三カ月。

今日も変わらず俺はアンリエッタと戦っていた。その戦いの中で間合いを計るように睨み合いながら俺は考えていた。

スキルの【剣術】は、取得自体はハードルが低くなっているようだ。しかし、【剣術】の最上位である【剣術（大）】の熟練度に到達した者は一握りだ。その境地に至るには、卓越した才能に加えて並大抵ではない鍛錬……まさしく生死の境を彷徨うようなギリギリの戦いの経験がいるのだと。到達者の多くが口を揃えて語る。

そういう意味では、数々の戦いを乗り越えてきた自分なら、すでに【剣術（大）】のスキルを獲得できていてもいいはずである。ところが現状では、そうなってはいない。過去を振り返れば、いざという時は真っ先に魔法に頼っていた。実際、魔法で解決可能なケースも多かったからだろう。

ただ、それが俺の成長の妨げとなり、剣術が向上する機会を潰していたことも否めない。とはいえ、これまでは魔法の鍛錬さえ怠らなければ困ることはないと、心のどこかで高を括っていた。

けれどもアンリエッタとの戦いで、俺はそれが安易な考えであったことを痛感した。鎬を削り合うほどの攻防戦の中では、一瞬の隙が命取りとなる。つまり、詠唱や発動に手間のかかる魔法を使うのは限界があった。

しかも、魔法が唱えられたとしても、新たな問題が発生した。攻撃系魔法や防御系魔法はあっさりと剣で切り裂かれて防がれてしまうし、幻惑系魔法は効果が薄かった。唯一、戦略的に効果のある移動系魔法にせよ、彼女の間合いの中では、せいぜい多少の意表を突ける程度であった。

こうなれば当然、俺はアンリエッタに勝つには別の手段を講じなければならない。もう逃げ道はないというわけだ。まったく、神様は本当に厳しいなあ……。

つまり、アンリエッタに勝つには魔法以外でも彼女に勝てるモノがなくてはならない。

この考えに至って以降、俺は魔法の使用に制限をかけて、特に剣術に対して真摯に向き合った。そうなると、アンリエッタと幾千も剣を交えていく中で見えてくるものがあった。アンリエッタの剣筋が、これ以上にないほど美しく見えてきたのだ。

アンリエッタは闇雲に剣を振っていたのではない。乱暴に思われたその剣術は、極めて理に適った技術の上に成り立っていた。まぁ、それが分かったからこそ、アンリエッタに勝つことの難しさに再び頭を抱えているわけだが。

自問自答を繰り返していると、他のことは考えるな、と言わんばかりにアンリエッタが間合いを詰めてきて、上段の構えから強烈な一撃を振り下ろした。その剣を俺はディランの剣と短剣を交差させてかろうじて受け止める。容易には受け流すことが難しい鋭い攻撃だった。

俺はその攻めを何とか突き返すと、息つく間もなく中段で剣を構えて振り抜いた。

「剣技【一文字】」

アンリエッタは咄嗟にしゃがみ込んで俺の剣を躱す。

「ひゃ……危ない」

実際、あと一歩だった。空気を切り裂いた俺の剣の勢いで大地が見事に抉られている。

次の瞬間、アンリエッタが剣を引いた――。

俺の背筋を冷たい緊張が駆け抜ける。

「けど、当たらないと意味ないよね。剣技【三光】」

「く……」

――カウンターが来る！　と予期した時は遅かった。

三段に分けた高速の突き。致命傷は避けたものの、一撃目と二撃目が肩と太ももに突き刺さった。三撃目は危うく急所を貫かれそうになり、剣で受け止める。

俺は傷口を押さえながら飛び退く。休む間もなくアンリエッタが【プランク】で脚力を強化して間合いを詰めてくると、彼女は握りしめた剣を横に一閃した。

「……剣技【一文字】は本来、追い打ちに使う技なんだよね」

「ヤバいな。……けど、このパターンはどうだ？」

なんとか剣を見切り、俺は後ろに仰け反って躱した。ただそこで俺は反撃に出るべく後ろに倒れると地面を掴み、腕力だけでアンリエッタのほうに体を押しやる。そして俺の両足でアンリエッタの足を抱え込み、横に倒した。

「どうだ？　参ったか？」

俺は体勢を崩したアンリエッタにすかさず短剣を突き付けようとした。その時、アンリエッタは予想外の行動に出たのだった。

「うわ、足癖悪いな。……けど、甘いよ」

「なっ！」

アンリエッタは俺の短剣の刃を左手で握りしめたのだ。そして、手が流血するのも気にせずに、その短剣を引き寄せて俺の懐を拳で突き上げた。

「うぐ……」

堪らず俺は短剣を捨てて後方へジャンプした。それでもアンリエッタは追撃の手を緩めず、俺目掛けて短剣を素早く投擲してきた。

やっば……！

魔法で回避する⁉　いや、無理だ、間に合わない！

もうアレっきゃないだろう！　……南無三！

そう心の中で祈って、俺は一か八か、短剣を歯で受け止めた。

俺が間一髪の攻撃を受けたのを目にして、アンリエッタは満足げな表情で座り込んだ。

「はぁ～今日はここまでかな？」

アンリエッタの言葉を聞き周囲を見ると、すでに辺りは暗くなっていた。

戦うことで一杯一杯で、周囲に気を配る余裕もなかったのだろう。

それに腹も……減っていた。

しかし今は、空腹などどうでもいい気分だった。なんだ？　この……剣から手に伝わる不思議な感覚は……？

ドクン……！

俺の心臓が高鳴っていく。

俺はアンリエッタの提案に反対して言った。

「いや、もう少し戦いを続けよう。……何か、決定的な何かが掴めそうなんだ」

俺の言葉にアンリエッタは目を丸くして笑い出した。

「……ハハ、お兄ちゃんがそんなこと言うなんて初めてだよね？」

「悪いか？」

「ううん、全然。とことん殺し合おうよ」


それから何度の夜を迎えたか分からない。

俺とアンリエッタは力尽きて倒れていた。もう指一本動かせない。

俺は星の見えない夜空を見上げて呟いた。

「あぁ……しんどい」

「そうだね」

「けど、あんがとな。ようやく、掴めた」

かつてない剣の境地に俺は一歩踏み入れた。アンリエッタの腕には未だ及ばないものの、大きな進歩である。ステータスは【剣術（大）レベル1】に上がっていた。

「ハハ。いいって……楽しかったし。逆に私はお兄ちゃんに感謝してるくらいだよ。ああ、お腹が空かなかったら、ずっと殺し合っていられるのにね」

「何危ないこと言ってるんだよ。いやだよ？　俺は早く風呂に入りたい」

「私が先ね？」

「えー嫌だよ」

「じゃ剣で決める？」

「だから、動けないんだって……俺ら」

「こんなん……んん～、無理だね。動けないや」

「……って、動けないなら風呂にも入りようがないじゃん」

「ハハ、そういえばそうだね。どうしようか？」

「体力が回復するまで、このままでいるしかないな」

「うん。それがいいよ」

それから、俺とアンリエッタは辺りが明るくなるまで互いのことを話して過ごしていた。


『ケイリの玉』の中に閉じ込められてから四カ月。

ある日、俺とアンリエッタはリサに毒消しに必要なフツフという薬草の採取を頼まれた。

「ふぁ……眠い」

忘れがちだがリサは薬師である。本人曰く、クリムゾン王国では一流の薬師としての技量を持っている、のだとか。その証拠に同じ素材で回復薬を作った際、他の薬師に比べて二十パーセントほど効能が上がったらしい。他にも匂いを嗅いだだけで薬草の種類が見分けられたり、毒味しただけで薬草の配合比率が分かってしまう特技があるという。

……あれ？　それって、よくよく考えたらすごいチートじゃない？

そんなことを考えつつ、依頼された薬草を探していたら一風変わった葉の形をした草が目に入った。

「ん……？　この草は……これまでに見覚えがないな」

俺は薬草の採取に出かける前、『ケイリの玉』の世界の中に生えている薬草は、リサが自作したイラスト付きの本によってほとんど頭に入れていた。

「……薬草かどうかは不明だが……なんだろう？　あぁ鑑定すればいいか。スキル【鑑定】っと」

スキルの【鑑定】で見覚えのない草を調べると、鑑定結果が頭の中に流れ込んでくる。

『シリンの薬。ユウラシ科のアギ亜科クント属の多年草。奇跡の妙薬（みょうやく）と言われる『長命薬（ちょうめいやく）』を調合するのに必要な薬草』

……『長命薬』？

長生きに興味はないが、面白そうな薬である。『ケイリの玉』の外に出たら、バカな金持ちに高く売れそうではないか。

俺はシリンの葉を何枚か摘み取って時空間魔法の【ポケット】にしまった。

ちなみに、【ポケット】は、別次元に空間を作り出してモノを仕舞うための魔法である。

それから俺は、毒消しの調合に必要な薬草探しを再開するのであった。


数時間後。

俺はリサとラルクの住む洞窟に帰って来ていた。

アンリエッタの姿はまだ見えない。

俺は溜め息混じりに独りごちる。

「……アンの奴は、いつになったら帰って来るんだ？」

まぁそのうち帰って来るだろう。ちょっとやそっとの難事でも、アンなら問題ないしな。

そう思い直して、俺は住居用に改築された洞窟の建物の扉を開けた。

「たいまー。うごっ」

「きゅい。きゅい」

室内に入ると、白いウサギのチャユユが俺の鳩尾に勢いよく飛び込んで来た。

「お帰り。どうだった？　薬草は見つけられたかい？」

リサが地べたに座ったまま、何かの薬草を磨り潰しながら話しかけてきた。

「ぼちぼちかな？　アンはまだ帰って来てないけど」

俺は体にしがみ付いていたチャユユを優しく退かしつつ、時空間魔法の【ポケット】に仕舞っていた薬草を取り出していく。

「うあぁ……すごい量だね。まさか全部採りつくしてはいないよね？」

「あぁ。もちろん。それから――」

最後に【ポケット】から『シリンの葉』を取り出した。その葉を目にした瞬間、リサの目の色が変わる。

「……ユーリ。その薬草をどこで？」

「ん？　あぁ……えっと、どこだったかな？」

いきなり真剣な顔になったリサに困惑しながら、俺は首を傾げた。

そんな俺の様子に構わず、リサは立ち上がって俺の手を取り懇願してくる。

「ユーリ。お願い。このシリンの葉を……いや、『長命薬』を作らせて！」

「え？」

「『長命薬』は薬師の中で最も高難度の技術が必要な薬でね。世界でも調合に成功した例は少ない。だけど、僕も薬師の端くれだからね。一度、挑戦してみたかったんだ」

リサは自分の前に拳を突き出して意気込む。

何言っても無理そうだと察して俺は頭をポリポリと掻く。

「そういうことな」

「お願い。ユーリ。薬が出来たら渡すし」

「まぁ……どうせ、リサに調合を頼もうと思ってたし」

「ほんと?」

「ああ。俺が持ってても仕方ないし」

「けど、この調合前のシリンの葉でも五年くらいの寿命の延長が望めて、王都の好立地に立派な屋敷が建てられるくらい高価なんだよ?」

「マジか」

長生きをしたいという考えにとらわれたおバカさんて、結構すごいんだな。

こんなことなら、もっと採ってくればよかったか……あれ? どこで採って来たっけ?

「しまった。余計なことを」

「ちなみ、『長命薬』には高度な調合技術がいると言ったが……。成功確率はどのくらいなんだ?」

「……五十パーセント」

リサは俺の問いかけに目を泳がせた。その挙動には、どこか不自然さを感じるな。

「本当に?」

「……二十五パーセント……」

俺の追及にリサは蚊の鳴くような声を発した。相変わらず、視線はずっと斜め下を向きっぱなしだし、立ち振る舞いに違和感を覚える。

「本当に？　本当？」

「……五パーセント。けど！　けど、僕、頑張るからお願いだよ！」

リサは俺の顔を真正面から見つめて、掴みかからんばかりに迫って来た。その気迫に押されて、俺は後ずさりした。

「分かった、分かったから……！　よろしく頼むよ。それでリサ、シリンの葉はどこで採って来たか本当に忘れちゃったので、それだけしかないから気を引き締めてくれよ」

「もちろん。やった。ありがとう！」

リサは弾けるような笑みを浮かべるのだった。


晩御飯を食べ終わった頃――。

リサは、『長命薬』を作る前準備だと言って手早く風呂に入り、着物のような服に着替えていた。彼女に連れられて、何故か俺も調合室というリサの自室へ同行する。

そこはなかなかホラーな場所であった。壁際の棚には瓶詰めされた蛇や奇妙な薬が並んでいる。夜に訪れたら、お化けでも出そうな気配だ。

若干、引き気味の俺に対して、リサは鉢巻を頭に巻いて気合十分である。

「まずはシリンの葉をたっぷりの冷水に入れておく。ユーリ。冷水の準備をお願い」

「はいはい。【アイスブロック】」

リサの指示に従い、俺は水を張った木のバケツに卵くらいの氷を浮かべていく。冷水が出来た頃合いを見計らって、俺はリサに木のバケツを渡した。

「ありがとう。……こうしてシリンの葉を冷水に浸して、葉の表面が白くなるまで、じっと待つの」

リサは言葉通りにすると、真剣な眼差しでシリンの葉の変化を観察する。

「……」

「……」

十分後——。

俺はあまりの変化のなさに退屈して口を挟む。

「じっと待つって、どのくらい？」

「分からない。ひたすら待つしかない。そうしないと薬研で細かくした時に、黒く変色してしまうらしい」

リサは視線を冷水の中のシリンの葉から外さぬまま言った。そして懐から古びた本を取り出して見せてきた。『長命薬』の調合レシピらしい。

「……そうか。え……それって、やばいやつじゃん」

「あ……色が白に変わった。僕は次の準備に取り掛かるから、ユーリは薬研でゆっくり潰していてくれるか？」

「え？　俺？」

「早く！」

「は、はい」

俺はリサに言われた通り、床に置かれた薬師の道具の前に座った。ちなみに薬研とは、薬草を細かくする道具だ。楕円形の皿に薬草を入れ、車輪みたいな形の器具で薬草を細かくするのに使う。

俺はシリンの葉の水分を手早く払った。それを皿に入れ、車輪のような形の器具を手に持って恐る恐る上下に転がしていく。

「ゆっくりね。なるだけ、摩擦熱を発生させないように」

ゴリゴリと俺がシリンの葉を潰す音だけが部屋の中に響き渡る。

二十分くらい潰した頃だろうか。リサが声を掛けてきた。

「もういいよ。今度はこね鉢ね」

「え？　俺がやるの？」

次はこね鉢なる道具が俺の前に置かれた。こね鉢とは、白い鉢に薬草を入れて太い棒で混ぜ合わせる道具のようだ。

「うん、もちろん。ユーリは一定の速度で磨り潰してね。少しずつ他の薬草を僕が入れていくから」

「……これって」

「早くやるよ」

「……はい」

リサは粉末になったシリンの葉と、いくつかの薬草の粉末をテキパキとこね鉢に入れていく。俺はリサの動きに合わせて、コリコリと音を立てながらシリンの葉の粉末を棒で混ぜていく。

「ダメダメ、もう少し混ぜるスピードを落として」

「……はい」

「ここからはデリケートな調節が必要だから気を引き締めてね。僕は隣でランの実の粉末を入れていくから」

「これって、あと、どれくらい続くの？」

「何言ってるんだい。これはまだ序の口だよ？　これから、百を超える工程があるんだから」

「え……百？　って、マジで言ってるのか？」

「作るのには一週間はかかるよ。僕、ここから離れられないし。ユーリにも手伝ってもらうから」

「一週間？　……え？　えええ？」

「ほら、騒がない早く！」

「えええ～‼」

　それから、『長命薬』の調合に心血を注ぐ俺とリサの長い日々が始まるのだった。


「うぐ……眠い」

　俺は目の下にクマを作りながら、こね鉢でシリンの葉の調合を手伝っていた。

「……はい」

「ユーリ、混ぜるのが雑になってる」

　リサは薬の調合になると、まるでスパルタ教師並みだった。もはや俺には反論する気力すら残されておらず、単なるイエスマンになるしかない。

「ようやく、ランの実の調合は終わったよ。休憩してきていいよ」

「……はい。って、マジで？　やった！」

「うん。これから、黒ジカの角の粉末を入れて、白色に変わるまで二日間ずっと混ぜ続けないといけないんだ。三時間交替ね。僕のベッドで寝てていいよ」

「……マジですか」

「あと二時間五十九分」

「マジか……」

俺はすぐさま立ち上がり、調合室から出て寝室に入っていく。そこではアンリエッタがすっかり懐いたウサギ達と戯れていた。

「あ、お兄ちゃん。薬作りは終わったの？」

「いや、休憩だ」

「じゃ殺し合いの続きしようよ」

「俺は寝るんだ」

「ええ⁉　いいじゃん。いいじゃん」

「無理」

俺はアンリエッタの横を通過して、ばったりとリサのベッドに倒れ込み、そのままうつ伏せで寝に入る。

「……つまんないよ」

「きゅいきゅい」

アンリエッタは何を考えているのか、ウサギ達を次々に俺の体の上に載せていく。

すでに眠気でどのウサギか分からないが、彼らは自由に俺の体の上を動き回った。

あるウサギは、俺の左足の指をペロペロと舐めだし。

あるウサギは、俺の右足の指をペロペロと舐めだし。

あるウサギは、俺の背中で穴堀りを始める。

あるウサギは、俺の頭の上で毛づくろいをする。

あるウサギは、俺の耳元に鼻を擦り付けてくる。

「あのアンさん。ウサギ達をどけてくれません？」

「……」

「あの、聞いてますか？」

「……」

「アンさん？」

俺が無反応のアンリエッタに問いかけた。すると、俺の寝ているベッドにアンリエッタが入って来る。

「……私と殺し合ってくれるまで隣にいるんだから」

「えぇぇ」

俺はわちゃわちゃするウサギ達を我慢して目を閉じた。

いつの間にか眠っていたらしい。目を覚ますと、俺の周りでアンリエッタとウサギ達が静かな寝息を立てていた。

「本当に寝顔は可愛いんだよな」

俺は、半笑いのような顔で横になっているアンリエッタの頬に触れて独りごちた。

その時、部屋の扉が開いてリサが入って来ると、無情にもこう告げた。

「交替だよ」

その言葉に俺は再び絶望感を味わうのだった。


『長命薬』の調合開始から、ようやく六日目。

「ぐあはぁ……眠いぃ。もういやだぁ～」

俺は、もうこれ以上ないいくらい目の下にクマを作りながら叫んだ。

リサとアンリエッタのせいで、俺の一日の睡眠時間は三時間を切っていた。

『長命薬』作りに加え、アンリエッタがしつこく殺し合いに誘ってくるものだから……。

常日頃、睡眠時間は十二時間と決めている俺には無理な挑戦だった。

もはや、ブラック企業のレベルだよ。

あぁ……こんなん続いたら禿げちゃうよ。

もう嫌だー。嫌だよー。

てか、死んじゃうよ？

過労死しちゃうよ？

案内者さん達さぁ。『希望の子』が死んじゃうって助けを求めてるんだよ？

本当にどうにかして欲しいんだけど！

このまま普通に異世界が滅んじゃうよ。いいの？

「ハハ……ハハハハ！」

俺は壊れたように笑っていた。

「ほらほら、無駄口を叩かない。ようやく工程の八十パーセントが終わったんだから」

「……はい」

「次は温めながらギンガの木の樹液を少しずつ入れていく。ここからが複雑だから気を抜かないようにね」

「……はい」


この薬がなくなったら……。

この薬がなくなったら……。

この薬がなくなったら……。


後々になって振り返ってみても、この時の記憶は、ほぼ残っていない。

おそらく睡眠不足すぎて、おかしくなっていたんだと思う。

「うわぁ〜！　うわぁ〜！　うわぁ〜！　うわぁ〜！　うわぁ〜！　うわぁ〜！　こんな

ん全部入れて混ぜたら解決するんだよぉ！」

俺は傍にあった薬草の粉末などをこね鉢に入れた。

そして――。

太い棒で思いっきり混ぜ合わせたのである。

「え！　何やってんの？　ちょっと！」

「ハハハ」

俺は気が触れたように笑っていた。

やっぱり、この時の俺はおかしくなっていたんだろう。

うん。そう、そうに違いない。それ以外にないだろ？

ハハハ……。

「えーせっかくの長命薬がぁ……」

「ハハハ」

「ん？　なんか反応してないかな？」

「ハハハ……え？」

リサの声を聞いて、俺はこね鉢の中を見る。すると薬が光を帯びて白い煙が立ち昇った。

「白い煙が上がって……。まさか、成功してる？」

「は？　嘘でしょ？」

「まさか、そんな簡略法があるなんて……ユーリ、どうやったのか詳しく教えておくれよ」

「え？」

「詳しく！」

「え？」

「もしかしたら、僕らは歴史に名を残したかもしれないよ？　やったな。ユーリ」

「どうか、俺を寝かせてください！」

——もう、限界だった。

俺は人生初のジャンピング土下座をして、睡眠の許しを請うのだった。

第四話　終わらせない力

私……アンリエッタ・ガートリンと私のお兄ちゃんであるユーリ・ガートリンが戦いを始めて半年が過ぎようとしていた。

お兄ちゃんを相手に剣を振るいながら、私は身に起こる初めての感覚に戸惑っていた。

剣を合わせて戦えば戦うほど、お兄ちゃんは強くなっていく。そのまま自分など超えてしまいそうなほどに……。いや、今まさに超えられようとしている。

私は生まれた時から【超絶】という異端スキルを持っていたおかげでほとんど負けたことがない。

たまに負けることがあっても、すぐに追いつき追い抜いてきた。

誰も私のライバルになれた人はいなかった。

それなのに……さすが私のお兄ちゃんなだけあるよ。

そんなことを考えながら、私は剣を上段に構えた体勢で思い切り飛び上がる。

「剣技【山割り】」

上段から剣を思いっきり振り降ろす。すると、お兄ちゃんが短剣と剣の二本を交差させてそれを受けた。

あ……ちなみに、私には剣の流派というやつはない。特に誰かから剣術を学んだ訳でもなく、基本的に殺し合いの中で腕を磨いてきた。私の使っている技も、誰かが使った技を見よう見まねで取り入れることが多いかな。

だから、剣技を受け止められること自体は何とも思わない。でも今の【山割り】は、はっきり言って会心の一振りだったんだけどな。

私は思わず笑みを零した。

すると、お兄ちゃんは怪訝な視線で問いかけてくる。

「どうした？　嬉しそうだな。こっちは手が少し痺れてるってのに」

「私の会心の一振りを受けて立っていられるなんて。さすがだよ。ふふ」

また笑いがこみ上げてくる。

殺し合いの最中にいけないいな。

けどさ、私は生まれて初めて神様に感謝したんだ。

私に兄という存在を作ってくれたことに……。

私のお兄ちゃんは本当に強い。

ふふ、これほど楽しい殺し合い、そんな簡単には終わらせてやらない。

あーアドレナリンがすごく湧き出てくる。

しばらく無心で、お兄ちゃんと殺し合いを楽しんでいた。

しかし、夢のような時間は終わりを告げようとしていた。

お兄ちゃんが私の後ろをとり、剣を突き付ける。

「動くな。さすがにこの状況では俺の剣のほうが速い。これで……俺の勝ちだろ？」

いやだ……。

……負けたくない。

こうして負けそうになって気づく。

私は今まで、私を負かすような強い男しか認めないし結婚したくないと思っていた。

でも、そんなことを言っておきながらも、負ける気なんてさらさらなかったんだ。それじゃあ一生結婚なんて無理だよね。笑えてくるよ。

そう、結局私は、誰にも負けたくないんだ。どこかで負けることを期待していたつもりだったけれど、本当は負けたくない。たとえ、相手がお兄ちゃんだとしても。

その時だった――。

頭の中に、突然声が聞こえてきたのだ。

『其方は、儂……アルム・デンルート・ルッス・ルシウスハイトと、魂の契約を交わすのだ……さすれば、其方が望むものを与えよう』

頭の中に響いたのは、アルム・デンルート・ルッス・ルシウスハイトと名乗る重々しい男の声。

まったく知らない声だった。

でも私には一切の躊躇がなかった。

この戦いを、ここで終わらせたくない。

その一心で叫んだ。

「契約を結ぶ！」

『ほほ、即答か。では其方は、儂に何を望むのじゃ？　力か？　権威か？　財宝か？　自由か？』

「力が……。力が……欲しい。この戦いを終わらせない力が……」

『力か……では儂が力を与えよう。儂の分身である剣を強く握り、ありったけの魔力を寄越すのだ。そして、言霊を叫ぶがいい』

私は知りもしないデンルートの言うままに、剣を強く握りしめ、出来る限りの魔力を注ぎ込む。

そして、叫んだ。

「【電電】！」

黒い剣の黒色の外面がメッキのように剥がれ落ちて、白銀色の剣へと変貌していく。

そして、私の周囲に紫電が広がっていった。

私の異変を感じたお兄ちゃんが、後ろに飛び去る。

バチバチと放電した電気が、帯状(おびじょう)になって大蛇のように私の身体に巻き付く。

どうやら電気の大蛇は、私が触れても感電することがなく自在に操れるようだった。

「ふふ。まだ戦える」

私はお兄ちゃんに笑みを向けた。

するとお兄ちゃんは、その顔を少し引きつらせながら答える。

「……マジかー」

「私、もっと強くなれそうだよね」

「ほんと、勘弁ですわ」

私は剣を構えて飛びかかる。

お兄ちゃんは私の太刀筋を読んでいるようで、受けようと身構える。

だけど、私自身も驚くほど私の振るった剣の衝撃は凄まじいものだった。

紫電の衝撃と共に、剣を受けたお兄ちゃんの足が地面にめり込む。

「うぐ。重たい……電気によって自分を強化したのか？」

どうやら剣が帯びた電気が私の神経を支配し、異様なほどの伝達速度で肉体を強制操作していているらしい。

ただ、それだけじゃない。

「……っあ」

お兄ちゃんも何かを感じ取ったのだろう、無魔法【プランク】に込める魔力を一気に増大させて私の剣を弾いて姿を消した。

瞬時に時空間魔法を使って後方の木の枝に移動したようだ。

「はぁはぁ、危なかった」

お兄ちゃんは肩で息をしながら言う。

その通りだった。

先ほどまでお兄ちゃんがいた場所は、私の身体に巻き付いた電気の大蛇に地面ごと食われていた。

けど、嬉しいな。最近滅多に使わなくなっていた【プランク】以外の魔法を使わせることができた。

「まだ操作が難しいけど。使えるかな」

地面を抉った電気の大蛇が再び私の身体に巻き付く。

大蛇が食らいついた大地は酷く焼け焦げ、鋭い牙で抉りとったような跡が残っていた。

お兄ちゃんは一呼吸をして剣を構え直す。そして、戦う時にしか見られない真剣な眼差しを私に向けてくる。

あぁ……ぞくぞくする。お兄ちゃんを私のものに出来たらと何百回考えたことか。

どうしたらいいのかな？

このままだと、私がお兄ちゃんを殺しちゃう。

アレ？　殺しちゃったらこの楽しい時間が終わっちゃう？

いや、今はそんなことを考えるよりも、目の前の殺し合いである。

私は脚力を強化して、お兄ちゃんとの距離を一気に詰めた。

火花を散らしながらお互いの剣が激突する。

それから、目にも留まらぬ剣撃が交わされ、激しい斬撃音が辺りに鳴り響く。

私はしゃがみこんで足払いをしてお兄ちゃんの体勢を崩し、そして繰り出す。

「剣技【一文字】」

お兄ちゃんは時空間魔法で上空に転移することで私の【一文字】を躱した。

その動きを予想していた私は、すかさず電気の大蛇をお兄ちゃんに放つ。

「食らえ……」

「……っ」

お兄ちゃんは再び時空間魔法を唱えて電気の大蛇を躱してみせる。

ただ、時空間魔法は膨大な魔力が必要だ。短期間に連発できないことを知っている。その逃げ方もいずれ限界が来るはずだ。

さらに私は間髪を容れずに、無魔法【プランク】と剣の【電電】を併用してお兄ちゃんに詰め寄る。それでもお兄ちゃんは、あと一歩のところで踏ん張っていた。

……けど、これならどうかな？

その出来事は一瞬だった。剣を打ち合っていた私達の上空から、突如閃光と共に落雷が降り注いだのである。

「ぐがぁぁぁっぁ」

落雷の直撃を受けたお兄ちゃんは、断末魔の叫びを上げながら跪いた。黒焦げになってぷすぷすと煙を上げている。

ネタばらしをすると、先ほどお兄ちゃんが時空間魔法で上空に逃げた際、攻撃するフリをして電気の大蛇を空に放っておいたのである。それが雷となって落ちてきたのだ。

さすがのお兄ちゃんも、光の速度に等しい落雷は躱せなかったんだね。ちなみに私も落雷の直撃を食らったんだけど、【電電】で電気と同一化してるから痛くない。

「あぁ……楽しかった」

第五話　本物の英雄

時間を少し遡り、俺に雷が落ちようとした瞬間である。

突然、短剣が光り出した。

『アルムの奴め……せっかちなところは変わってないようじゃな』

俺は確かに聞いた。それは今まで聞いたことがないほど美しい声だった。

そして短剣の輝きが俺を包んだ次の瞬間、俺はどこか別の世界へと移動していた。

そこは湖の真ん中。俺はその水面に立つように佇んでいる。

ここはどこだ？

なんで魔法も使ってないのに、水面の上に立っていられるんだ？

首を捻っていると、背後から声を掛けられる。

『ここは精霊の湖……エブドーラ・リンド。ただし、君が今見ているのは、私が見せている映像に過ぎないんじゃがな』

声のしたほうを振り向くと、俺と同じくらいの背丈の美女が立っていた。

背中あたりまで長く伸びた赤い髪。青色の瞳に、すっと鼻筋が通っている。

そして何より印象的なのが、その綺麗な声だった。

「貴女は？」

『私は、リアン・ノットフィーニス・エテルノ・ロゴスだ』

「えっと、俺は……」

リアンの名前を聞き、自分も名乗ろうと口を開いたのだが、リアンはクスリと笑みを零してそれを制した。

『分かっている。君はユーリ・ガートリン。いや、岡崎椿と呼んだほうがいいか？』

「え？」

俺は驚きのあまり思わず声を漏らした。

この異世界に来てから、一度も転生前の名前を名乗ったことはない。なぜ、その名を……？

そんな疑問を抱いて身構えると、リアンは湖の水面をゆっくり歩き出した。

『ふふ、驚いているようだな。まぁネタばらしをしてやると、私には『リアンの短剣』の使用者の記憶を見ることが出来るのでな』

「そうですか。……ということは、貴女が短剣に宿っているという精霊ですか？」

『いかにも、私が短剣に宿っている精霊だよ』

リアンは笑顔を見せ、湖の水面上でくるりと回って言った。

先ほどリアンは、この景色は彼女が俺に見せているだけに過ぎないと言っていた。

となるとおそらく、まだアンリエッタとの戦いの最中なのだろう。

あまり長話をしている余裕はなさそうだ。いずれにしても、今短剣の力を解放できないと死んでしまうかもしれないと感じ、俺はリアンに尋ねた。

「短剣は……どうしたら使えるようになるのでしょうか？」

『安心してくれ。私とこうして話している間は、周りの時間は止まっている。それに私は、君と会えるのをずいぶん待っていたんだ。少し話を聞いてくれてもいいんじゃないかな？』

「……」

『それにこれから話すことは、君が知りたがっていた君らの世界の空白の歴史でもある』

「空白の歴史……貴女が知っていると？」

俺は口元に手を置いて驚きを隠しつつ問いかけた。すると、リアンは一つ頷いてゆっくりと口を開いた。

『うむ……まぁ私が知っている限りの歴史について、だがね』

「よろしくお願いします。教えてください」

『いいだろう。まず、そもそもの元凶となった魔王について語らなければなるまい。と言っても、魔王に関する事柄は実はほとんど分かっていない。私は短剣の中から見ただけだからな。魔王がどこで生まれ、どこからやってきたのかは、私にも分からない。ただ、私が魔王に抱いた印象は、狂気そのものだったよ。分かっているのは、魔王がなぜ、世界の崩壊を企んでいるかについてだ。魔王は……神を殺す力を欲していたようなんだ』

「神を殺す力……？」

俺は首を捻り考える。

確かに、前世にはない魔法のおかげで、この世界では人知を超えたことでも実現できる。だが、そんな万能な魔法にも制約はある。

たとえば、魔法で水を生成したとする。その水は、自然に存在する水とは似て非なるものだ。その証拠に、生み出して十〜二十分後には消えてしまう。

つまり、魔法では、神の力と言われる万物の創造を再現できないのだ。それはまるで神が自分の力を……地位を脅かさないようにしているかに見える。

そんな制約だらけの世界で神を殺す力など存在するのか？

そもそも自分が作った世界の中に自分の存在を脅かしかねない「神を殺す方法」などわざわざ用意しないだろう。

まぁ俺は神の気持ちなんて分からんので、全部憶測に過ぎないのだが。

『その神を殺す力を手に入れるために、魔王は自分の分身となる魔族を組織した』

「ちょっと待ってください。この世界に、神を殺す力なんて本当に存在するのですか？」

『うむ……君が疑問に思うのももっともだが、確かにその方法は存在するようなんだ』

「存在するんですか!?」

『まぁその方法や条件は、精霊の私でも知りえんことなんだが。おそらく……多くの魂を自己に取り込むことで、神を殺す力を得るための条件をクリアしようとしたのではないかと私は考えている』

リアンはゆっくり手を伸ばして、俺の胸のあたりに触れながら言った。

「魂を?」

『うむ、神を殺す力の条件とは、スキルに関わるものだったのかもな。スキルとは自身の魂に刻まれるものだ。そう考えると、合点がいくことも多い。おっと、少し話がズレたな。つまりそのような理由から、魔王はこの世界に住んでいるすべてのものを生贄にしようとしていた。その過程で魔族の侵攻に遭った人族と獣人族は、奴隷になった。君ら……人族と獣人族が言っているところの『クーバーナの聖戦』とやらまでの歴史が曖昧なのは、奴隷にされておった過去を隠すためだよ』

「なるほど。ハハ、人間らしい歴史の作り方ですね。ただ……」

神を殺す方法についてはリアン自身もよく知らないみたいだし、俺には全く必要ない力だから脇に置いておくとして、人間が奴隷であった歴史を隠そうとしていたとは……少し幼稚に感じる理由だが、笑えてしまうほどにしっくりくる。

ただ、そんなことよりも気になることがあった。

俺の師匠のコラソン・シュルツについてである。なぜ彼は、その事実を俺に隠そうとしたのだろうか。その理由が分からなかった。

『ふふ。そうだな。人族らしい滑稽な理由だな』

「あの……まだ続きが……？」

『もちろん、続きがある……君が知らなくてはいけない歴史というのは、この先のことだ。ちょうど魔族が人族を奴隷にした頃だった……魔王によって世界の未来がどのようなものに変わるのか、それを言い当てた者が現れたんだ』

「……預言」

『そうだ。預言者イルーカ・シュルツの母にあたるマリア・シュルツもまた、預言者だった。マリアはスキル【預言】によって、見てしまったのだ。これから訪れる惨状を。それで、当時エルフ族の長だったイルーカ・シュルツの父にあたるアルブ・シュルツが先頭になって、魔族と戦うことになった。当時は妖精族、精霊族、エルフ族共に交流があったから、共同戦線を張ることにした。だが、それでも力ある人材、力ある武器が足りなかった。それだけ、魔王の力は強大だったからね』

「あの……また話の腰を折るようですみません。今貴女が話していることが真実なのだとするなら……本来、『クーバーナの聖戦』時点で、この世界は魔王によってほとんど崩壊させられていたことになるのですか？」

『おや、気づくのが早いね』

「だとすると……」

『そう。つまり今の君の立場と同じ者、つまり世界を救う者が、『クーバーナの聖戦』の時にも存在していたのだ』

「いや……そういうことか、異世界からきた人間がいたということか」

この異世界に来て度々思っていたことだが、元の世界の言い回しや文化が所々残っているのが疑問だったんだ。それはやっぱり俺と同じ地球からの人間が昔にもいて、文化の形成に少なからず関わっていたからってことなのか。

『そう。我々は異世界から人間を召喚した。魔法の扱いに長けたエルフ族がほぼいなくなり、もはや廃れてしまったのだが、かつて異なる世界の者をこの世界に呼び寄せる魔法があった。召喚された者達は、世界間に渦巻く力に揉まれるため、特別な力を備えてこの世界に降り立つのだよ。人材不足を補うために、我々は禁断の召喚魔法を使用した。『勇者召喚』だ。異世界から三人の勇者を召喚したのだ。さらに武器として、エルフの戦士達の分を含めて七つの聖具を作った。勇者達とエルフ族は力を合わせて魔族を駆逐していき、ついには預言されていた運命を乗り越え、魔王の心臓と肉体を分けて封印して……世界を救うに至った。そして、それを成した者こそ、勇者召喚で呼んだ一人。名は岡崎紡木――』

「……えっ？」

岡崎紡木……その名前を聞いて、俺の手が小刻みに震えはじめる。

俺はその手をぎゅっと固く握りしめた。

岡崎紡木っていうのは、転生前の俺の父親……俺が生まれる前に失踪した父親と同じ名前だった。

いや、ただの同姓同名に違いない。大体父親が失踪したのは、俺が生まれる前だ……時系列的におかしい。『クーバーナの聖戦』は四百年以上も昔の話なのだから。

突然目の前に突き付けられた事実を、俺は全力で否定しようと自分に言い聞かせる。だが、リアンはゆっくりと首を横に振った。

『岡崎紡木は、君の……岡崎椿の父親だよ』

「いや、でも、それでは時系列が……」

『そうだな。四百年も前の英雄が君の父親など、到底信じられぬだろう。だが、事実だ。君のいた世界とこの世界とでは、時間の流れる速さが異なるのだよ』

「あぁ……そうか……うん、それなら確かにあり得そうだが……」

『紡木は我々の無茶な願いを聞いてくれた。そして彼こそが私を……『リアンの短剣』を最初に使用して魔王を倒し、本物の英雄となった男だ。ただ、紡木も魔王との戦いで瀕死の重傷を負い……そのまま息絶えてしまったんだ』

「……」

俺の生まれる前の失踪だったから、父さんのことは何も知らない。むしろ……母さんを苦しめた憎悪の対象ですらあった。

だから、英雄として死んだと言われても、何と返したらいいか分からず押し黙るしかなかった。

『ただ魔王は、瀕死の中で周囲にいたものに【呪】を掛けた。その【呪】とは、親しい者達同士が互いに殺し合うという恐ろしい呪いだ。【呪】を受けたエルフ族は、互いに命を奪い合い、瞬く間に壊滅していったのだ。預言者マリアには、その悲劇が見えていた。しかし、未来が見えたのは、惨劇が起こるわずか十分前だった。預言者マリアは瞬時に種を残すため、自分の息子と婚約者に強固な封印魔法を施し……そして自分の夫であるエルフ族の長のアルブに殺された』

「……そういうことか……そんな歴史があったのか」

『たとえ勇者召喚しか我々の存続方法がなかったのだとしても……別の世界に住まう君達……紡木の家族や友人には、本当にすまないことをしたと思っている。私がこの世界の者を代表して、君に謝罪したい。いくら謝罪してもし足りないことも承知している……あまつさえ、紡木の子供である君にも、重い荷を背負わせようとしている……』

「父さんは、最後になんて？」

『すまなかった……と、言っていた。その真意がどこにあるかは私には分からない。人の心を読む力なんて身に付けてなかったからね。ただ、最後に震える手で、首にかけていたロケットを握っていたよ。そのロケットの中には、綺麗な絵が一枚入っていてね。紡木と、お腹を大きくした女性が描かれていたよ』

悲しくはない。だって、俺は前世で父親というものを一切知らないのだから。

しかし、俺の頬を何かが伝った感覚があった。

なんでだ？

悲しくはないはずなのに、涙が次から次へと零れてくる。

止まらない涙をどうしたらいいのか分からず、顔を覆いながら座り込んだ。

すると、ふわりといい匂いが俺を包む。

気づけば俺はリアンに抱きしめられていた。

『すまなかった。私がついていながら……紡木を死なせてしまった』

リアンは俺を抱きしめながら謝り続けた。

もしかしたら、父さんの死という十字架(じゅうじか)をずっと背負いながら過ごしていたのかもしれない。

しばらくそのままだったが、やがて俺はゆっくりとリアンの手を握って口を開いた。

「一つだけ確認したい。父さんは自分の意志で魔王に挑んだのか？」

『私の知る限りではそうだよ。いつだったか、私が紡木に問いかけたことがあったな。なぜ君はそこまで、別の世界の住人である私達のために戦ってくれるのだ、とね。すると紡木は、目の前で苦しんでいる奴がいるのに、助けない理由なんてないだろと言っていたよ。その時は泣いて謝った』

「そうか、ならいい」

『いいのか？　紡木の家族である君からしたら、我々この世界の住人は紡木を拉致したあげく死なせてしまったんだぞ？』

「いい訳ない。しかし、父さんが自分の意志で……その意志を貫き通したのなら仕方ない……」

考えに反して俺の頬をまた涙が伝っていく。

『すまなかった……』

「……」

『英雄なんて聞こえはいいが、ただの犠牲者だな』

「……ハハ。確かに」

『英雄なんてただの犠牲者だ。君はそれが分かっていても、『リアンの短剣』を使いこなしたいか？　この『リアンの短剣』を扱うということは……そういうことだ。君に、その覚悟があるのか？』

「……今更だよ。ただ、俺は犠牲者になってやる気はない」

『ぷ……ハハ。いいね』

「だろう？」

『では、この質問は愚問になるかもしれないが。通例だから一応聞いてくれ。短剣を本当の意味で使えるようにするには、私と魂の契約を結ぶ必要がある。君はその契約を結ぶか？』

「だから、ここまで来て、引き返すも何もないでしょうに」

俺は頬を軽く拭って笑って見せた。

『そうかもしれない。だが、君の口から聞きたい。言ってくれるか？』

「俺は契約を結ぶ……力を貸してくれ」

『ありがとう。では、力を貸そう。言え――』

「……【誤解】」

俺は短剣を握りしめ、言霊を呟いた。

すると、俺の視界は白くなる。

そして意識が戻って元の森の中。直後、俺に雷が落ちた。

◆

「ぐがぁぁぁっぁ」

俺の体はアンリエッタの聖具による落雷で焼け焦げる。

「あぁ……楽しかった」

アンリエッタは満面の笑みで独りごちる。

だが、すぐに我に返って黒焦げの俺の体を見下ろす。

「……ごめん。終わらせちゃった」

笑っているアンリエッタの瞳から涙が零れる。

そして、アンリエッタは黒焦げの俺の体から視線を逸らして、剣を仕舞おうとした。

「何が……終わりだって？」

俺は首を傾げてアンリエッタに声をかける。すると、彼女は振り返って俺を見た。

「え……なんで？　お兄ちゃん生きて……？」

「なんでって、俺の聖具『リアンの短剣』の能力【誤解】が発動しているからだな」

「お兄ちゃんの聖具……そうかぁ。まだ殺し合えるんだぁ」

アンリエッタは涙を拭うと不敵な笑みを浮かべた。そして、弱まり出していた紫電が激しさを取り戻す。

「いや……この勝負、俺が勝たせてもらうよ」

俺はニヤリと笑みを返して、ディランの剣と短剣を構えて言った。

「……ハハ。何言っちゃってるんだよ。殺し合いはまだ始まったばかりだよね」

俺の勝利宣言にアンリエッタは一瞬目を見開くが、すぐに笑い出す。やがて一頻り笑い終えると、再び怖いくらいの視線で睨みつけてきた。

「いや。終わりだ。アンにはもう、負けてもらう」

「そういう言葉は、私を負かしてから言うもんだよ」

アンリエッタの周囲の紫電は激しさを増し、大蛇の形を成していく。

アンリエッタが剣を構えると、紫電の大蛇がスルスルと這うように動き、大口を開けて俺の方へ襲いかかってくる。

しかし、俺は剣を構えたまま動かない。やがて電気の大蛇が俺をまるごと呑み込んだ。

「なんだ、大したことないじゃん」

電気の大蛇に簡単に呑み込まれた俺を見たアンリエッタはつまらなそうに呟く。

「そういう割に、警戒してんな。【首切り】」

「な！」

俺は突如、アンリエッタの眼前に現れ、二段突きから横一線の三連撃を叩きこんだ。

一撃目の突きはアンリエッタの肩、二撃目はアンリエッタの手の甲へ。

三撃目の横薙ぎは剣で受けられるが、衝撃でアンリエッタの体は後方に吹き飛んだ。

「舐めるなぁぁあああああ！」

しかし、アンリエッタは叫び声を上げながら即座に次の動作に移る。

まず、彼女は自分の身体に巻き付いていた電気の大蛇を操り地面を噛みつかせると、俺の剣の一撃による勢いを殺した。それから電気の大蛇を瞬時に収縮させて、その力の反動をバネにするかのように自分の身体ごと俺の方へ飛ばす。

「さすがだな。会心の一振りだったのにな」

向かってくるアンリエッタに背を向け、俺は後ろを向いて剣を構えた。

次の瞬間、迫ってきていたはずのアンリエッタが消える。

そして、アンリエッタは先ほど俺に吹き飛ばされる前に立っていた場所――すなわち、俺の目の前に姿を現した。

「【誤解】は任意のモノを過去の状態に戻す力。つまり、それは俺以外にも影響を及ぼす」

俺は剣の柄で、アンリエッタの首筋を思いっきり殴った。

アンリエッタがばさりとその場に倒れる。

「……くっ、とうとう負けちゃったな」

「アンのおかげで強くなれた。ありがとう」

気を失う寸前、アンリエッタは悔しそうな表情を浮かべ負けを認めると、唇の端から血を流して倒れた。

その姿を見届けた後、俺はその場に座り込んだ。

はぁ……疲れた。そうだ、【誤解】解除っと……疲れたぁ。
全身に疲労感が襲ってきた。今にも意識が途切れそうになる。
そこで突然、俺の頭の中に天の声が鳴り響いた。
『レベルが41から59に上がりました』
はぁ……だいぶレベルが上がってしまったな。
本当は上げたくなかったんだけどな。
まあ、仕方ない……もう他人に任せていられないようだからなぁ。
そんなことを考えて頭を掻いていると、さらに天の声さんのアナウンスが続いた。
『スキル【超絶レベル10】が、エクストラスキル【全能レベル1】に昇華しました』
ん？　え？　エクストラスキル？　【全能】？　何それ？
そんなスキルがあるなんて聞いたことがない。
俺はすぐさまステータス画面を確認する。

ユーリ・ガートリン　レベル59
HP　2010／7050　MP　1800／7600

攻撃力　7860　防御力　7010

スキル　【全能レベル1】【隠匿レベル10】【鑑定レベル10】
【剣術（大）レベル3】【危険予知レベル10】【剣鬼レベル10】
【言語対応レベル6】【馬術レベル5】【夜目レベル5】【毒耐性レベル2】など

魔法　【火魔法（大）レベル10】【水魔法（大）レベル10】【風魔法（大）レベル10】
【土魔法（大）レベル10】【無魔法（大）レベル10】【音魔法（中）レベル10】
【時空間魔法（大）レベル5】【重力魔法（大）レベル1】
【氷魔法（大）レベル10】【雷魔法（中）レベル10】【治癒魔法（大）レベル10】

状態　【妖精王の加護】【足枷の呪】

えっと、ここの【全能】ってスキルはなんだ？
【鑑定】を使用して【全能】について調べると、情報が頭の中に流れ込んでくる。
『全能。常時発動型で、全ての能力と成長率が上昇する。万物の創造が可能となる』
ん？　特に【超絶】からあまり変わってない？　あ……倍率が変わるのかな？　んん？
万物の創造ってなんだ？
「きゅい。きゅい」

【全能】がどんなスキルなのか考えていると、ウサギの鳴き声が聞こえてきた。

鳴き声がした方に視線を向けると、ウサギ達とリサとラルクが森の陰から現れた。

「きゅい。きゅい」

ウサギ達は鳴き声と共に駆け出してきて、俺とアンリエッタの周りに集まってくる。

「おふ……なんだ？　どうしたんだよ？」

ウサギのチャユユが俺の顔面に飛びついてくる。ウサギ達とじゃれ合っていると、リサとラルクも歩み寄ってきた。

ラルクが倒れているアンリエッタに視線を向けて口を開いた。

「勝ったんだな」

「ああ……何とかな。死にかけたけど。いや、二、三回死んでたな」

俺の顔に引っ付いていたチャユユを退かしながら、ラルクに応じた。

すると、俺の目の前に光る水晶が現れた。

『ユーリとアンリエッタの外出条件を満たすことができました』

水晶の無機質な声が辺りに響き、俺とアンリエッタの体が輝きだした。どうやら、アンリエッタも俺が【誤解】の使用中に一瞬死んだことで、『ケイリの玉』の外出条件を満たすことになったようだな。

「これで、お別れかな？」

俺がそう言うと、リサは笑みを浮かべて頷いた。

「うん、そうだね……いろいろ、ありがとう」

「俺が、ラルクとリサもここを出られるようにするから。ちょっとに待っててくれや。それからウサギ達のこと頼むな」

「ああ……分かった。分かったから。僕たちのことは後でいいから……何よりもこの世界のことを……どうか、頼むよ」

「ハハ。転生者であるリサは、『希望の子』に選ばれなかったことに思うところがあるかもしれないが、リサの代わりに俺ができる限りやるから、ほどほどに期待していてくれ」

「ユーリ……？　君はもしかして」

「またな」

俺はリサの問いに答えることなく、笑みを浮かべて別れの挨拶を告げる。

その瞬間、視界が暗転し、意識が途切れた。

第六話　運命は動き出した

「ようやく外か……」

俺の視界が切り替わると、見覚えのある風景が広がっていた。そう、ここは魔法の師匠であるコラソン・シュルツの執務室だった。隣にはアンリエッタが倒れて気を失っている。リサ達を助けないとな。そんなことを思案していると拍手（はくしゅ）が聞こえてきた。

パチパチ……。

そちらへ目を向けると、師匠がデスクに座って手を叩いていた。

「おめでとう。まさか、半年で出てくるなんて思わなかったよ。これなら預言のプラン変更が出来そうだ。ユーリ君。いや……椿君と呼んだほうが良いのかな？」

「……最初から分かっていたのですね。俺が異世界から転生していたことを」

俺は全てを察して師匠と真っ直ぐに向かい合った。

「ふふ、もちろん。そして、君のお父様……紡木さんのことも父さんから聞いているよ」

「師匠の父さんというと……預言者イルーカ・シュルツからですか？」

「紡木さんは僕達エルフ族によって、強制的に異世界移転させられた。なのに、紡木さんは自分の命をかけてまで、この世界のために戦ってくれた。彼こそが本物の英雄だよ。しかし、同時に父さんと紡木さんの約束が永遠に果たされることはなかった」

「……約束？」

「そう。父さんは紡木さんが戦いに行く前に約束していた。必ず元の世界……家族のもとへと帰す約束だったんだけどね。約束は果たされなかった。それが父さんの生涯の悔いだった。だから、紡木さんの家族である君だけは死なせないと誓って手を尽くしていたんだ。そして、その遺志に僕も同調している」

「……」

俺が何も言えないでいると、師匠が椅子から立ち上がる。

そして、にっこりと笑みを浮かべて手を広げた。

「この世界を救おう。すべてを助ける……ただそのために、ユーリ君には頼みたいことがあるんだ。君には僕を殺してほしい――」

◆

師匠の話を全て聞いた。そして俺は師匠の頼みを拒否した。

しかし、俺の言葉など聞き入れることなく、「もう運命は動き出した。止めることはできない」と言い残して、師匠は時空間魔法で姿を消した。

俺は仕方なく、アンリエッタに書き置きを残してその場を後にした。


俺は酷く疲労していたものの、そのままにしておくこともできず、師匠の消息を調べるために、案内者ノア・サーバント様のもとを訪れた。

ノア様が見つかるまで手あたり次第捜すつもりだったが、ノア様はすぐに見つかった。

騎士学校の学長室――。

俺が入っていくと、ノア様はニールと向かい合って話していた。

「ユーリ！　君は一体今までどこにいたんだ！　ずいぶん捜したんだぞ?」

俺はニールの問いに答えることはなく、ノア様を真っ直ぐ見つめて言った。

「ノア様。俺の師匠……コラソン・シュルツを止めてください」

「……そうか、あの方がとうとう動き出されたのじゃな」

ノア様は俺の言葉を受け、静かに頷いた。

「はい……」

「だが、すまんの。儂ではあの方を止めることは出来ん」

「……っ」

俺はノア様の言葉を聞き、部屋を出ようと踵を返した。

すると、ノア様が俺を引き止める。

「待つのじゃ。小僧が今無闇に動くよりも、あの方に言われた通りに行動することが、あの方を止める近道じゃと儂は思うがの」

「……」

「それに小僧、お主には読まないといけない手紙があるんじゃよ」

「……読まなきゃいけない手紙？」

「うむ」

俺は振り返ってノア様に問いかける。するとノア様はニールに視線を向けた。

「これは、お前を捜すために世界を旅したと言っていた女性からの手紙だ」

ニールは俺の胸に叩きつけるように、薄いピンク色の封筒（ふうとう）を渡してきた。そのデザインはまるでラブレターを思わせるモノだった。

俺は、言われるままにその手紙を開いた。中には便せんが二枚。俺はすぐさま目を通す。


ユーリ・ガートリン様……いや、岡崎椿と私には呼ばせて欲しいな。

私……テレシア・ワレンチナといいます。ハハ、この名前だけじゃ分からないよね。

ごめんなさい。私は椿と同じ転生者で冬咲桜（ふゆざきさくら）です。

最初に、なぜ椿に手紙を残すことにしたのか単刀直入（たんとうちょくにゅう）に言いたいと思います。

私……冬咲桜はあなたのことが好きです。
本当は椿に直接会いたかった。
本当は椿の声を聞きたかった。
本当は椿と笑い合いたかった。
本当は……。
自分の言葉で椿に好きだと……大好きだと伝えたかった。
そして、椿の言葉で返事を聞きたかった。
でも、私の都合のせいで、それは叶えられなくなっちゃった。
ごめんね。重い女だよね。迷惑だよね。面倒だよね。
けど、前世で伝えられなかったから……。
もう会えないかもしれないので手紙を書くことにしました。

冬咲桜

追伸
あー、そういえば、こちらの世界でも女タラシしているみたいだけどほどほどにね？
分かっていると思うけど、女の子を泣かしたら死刑だから。
それじゃ……バイバイ。

ふふ、私は生まれ変わってもやっぱり椿のことが好きだったよ。

今世はちょっと難しいかもだけど、来世こそは恋仲になりたいな。


手紙を読み終えた俺は、ニールの胸倉を掴んで問いかける。

「なんだ？　この手紙は」

「……彼女は、君を捜していると言っていた」

苦々しい表情を浮かべながら、ニールが俺を真っ直ぐに見て言った。

「桜はどこにいるんだ」

「自分の国に帰って行ったよ。彼女は婚約者と賭けをしたんだと言っていた。もし旅の途中で君を見つけることができたら、結婚を取りやめることになっていたそうだ。彼女は君を見つけたが、君は……間に合わなかったんだ。結婚式は、あと一カ月後に迫った四カ国サミットの開催期間中に盛大に行われる。今更、君がジタバタしても、彼女には会うことは出来ないだろう。なんせ、結婚相手というのが、次期国王に当たる人物なのだから」

「……桜は」

桜は、母さんを失って生きることが嫌になっていた俺に言葉をかけてくれた。

家族のように接してくれた。一緒にいてくれた。

本当に桜からいろんな大切なものをもらった。
そんな大恩（だいおん）ある彼女に対して何もしてやれないのか？
俺は……。
俺は！
ニールの胸倉から手を離し項垂れるように膝をつくと、そのまま気を失って倒れた。

エピローグ

ここはクリムゾン王国の端にある山。

飛竜が多く棲息しており断崖絶壁の山々が連なっていることから、普段は人を寄せ付けない場所である。

そこで五人の男女……ブラックベルに属している者達が険しい山道を登っていた。

ゼオルという名の男が口を開く。

「アンの奴、裏切ったじゃんよ」

「うむ……いかんな。ノア・サーバントが健在ということはそういうことか？　ベルホール様を裏切ったとしたら許されることではない。俺が見つけて殺す」

ゼオルの言葉に対して、グロットが眉間に深い皺を寄せて言った。

そんな彼らの無駄口が気に食わなかったのか、後ろで手鏡を抱えているブラックベルの幹部であるグレンから怒号のような檄が飛ぶ。

「お前達……今は無駄口を叩いていないで任務に集中しろ！」

グレンの怒りを鎮めるように、隣にいた男性が宥める。

「まぁまぁ。気を収めてください。アンの件でグレンの虫の居所が悪いのは分かりますが、彼等は上級戦闘員でもあるのです。彼らも危機が迫ったらちゃんとやりますよ」

「うむ……」

グランの怒りを宥めた男性は、次いで前を歩くデュフィに視線を向ける。

「ん？　デュフィは先ほどから黙っていますが、どうされたのですか？」

「ハウトール様……なんかおかしい。山の中が静か過ぎる。動物の気配がまったくない。怖い。私の直感が行くなと大音量で叫んでいる」

「……警戒を」

獣人族のデュフィの勘が当たるのは、ブラックベル内ではよく知られたことだった。

そのデュフィが震えているのを見て、深刻な状況であると認識したハウトールが声を上げようとした、その時である。

彼らにとっての悪魔……魔族のカルゲロが空間を裂くようにして突然現れた。

「フヒフヒ、久しい気配を感じて来てみたら、これはこれはずいぶんと小さくなりましたね。ベルホール卿」

そのカルゲロに対し、グレンが持っていた手鏡に不敵な笑みを浮かべたベルホールの姿が映し出される。

『貴方にしては、珍しいんであるな。出迎えてくれるなんて、カルゲロ卿』

カルゲロの姿を見たブラックベルのメンバーの中で、かろうじてグレンとハウトールのみが自分の武器を構えて即座に対応しようとしている。だが、彼らの手は震えていた。

残りのグロット、ゼオル、デュフィは、後ずさりをしながら悲鳴を上げる。

「ひぃ……なんだ、化け物」

「いや、なんなん……だ」

「化け物……」

カルゲロは騒ぐ人間達の姿を見て眉間に皺を寄せると、手をかざしながら魔法を唱える。

「うるさい猿は黙っていろ。【ブラックアウト】」

カルゲロの手の平の上に、ビー玉くらいの黒い玉が現れた。そして、その黒い玉が一瞬で周囲に広がる。

するとブラックベルのメンバー達の動きが、まるで時が止まってしまったかのように固まった。

その様子を手鏡の中から見ていたベルホールは愉快そうに笑いながら言った。

『ふふ、魔族内で一、二を争う実力は健在ということであるな』

「いやいや、まだ本調子ではありませんね。それで、今日は何の用があったのかな？　まさか、私に実験体の猿を提供するだけではないですよね」

『もちろん。魔王様の心臓の在り処が分かったのであるな』

「……それは本当ですか？」

『魔王様の心臓は、三カ月後、人族の国の代表が一堂に会する会議の場に持ち込まれるのであるな』

「なるほど、それで場所は？」

『ここから北北西に千二百キロメートルといったところでしょう。これから吾輩と力を組んで……』

「そこまで分かれば……貴方は用なしですね」

『な……やめろぉぉぉ！　吾輩はぁぁぁあ！』

不敵な笑みを浮かべたカルゲロは、ベルホールの訴えを気にすることなく手鏡を手に取ると、それを口に運んでパクリと呑み込んだ。同時に、辺りに生えていた木や草、花が一瞬で黒く枯れていく。

「フヒフヒ……いいですね、力が漲る。ベルホール卿、貴方は私の一部になれたことを感謝しなさい！　魔王様の復活も近い！　……では、ちょうどいい実験体も手に入りましたし、準備を進めましょうか！」

カルゲロは固まったままのブラックベルのメンバーを、巨大化させた手で掴む。

そして、目の前の空間に切れ目を作ると、その中に音もなく消えていったのだった。

番外編第一話　とある王子様の一日

僕はクリムゾン王国の第一王子、セラム・バン・クリムゾン六歳。

クリムゾン王家は代々女性の子供が生まれ易かったため、念願の男子誕生を喜び、僕のことをとても大切に育ててくれた。

しかし、大事に扱われるがゆえに、外出はかなり制限されていた。

日々の暮らしに苦労している者には嫌みに聞こえるかもしれない。でも、僕はやはり、もっと普通の家庭に生まれたかった。

さらに望むとすれば、信頼できる仲間達と世界を旅して、強い魔物を倒したり困っている人を助けたりするような、壮大な冒険に明け暮れたいと思っていた。もちろんそれが、ない物ねだりの、贅沢な悩みであるというのは分かっているけれど……。

「はぁ」

僕は、気に入っている三人の英雄の冒険談が記された本をゆっくり閉じて溜め息を吐いた。

僕の使命は、良き王になって、王国人民を守ること――。

四カ国平和協定が締結されて久しいが、未だに不穏な動きを見せる者達は後を絶たない。平和が訪れても不満を抱える者は少なくないようだ。メイドのクレア曰く、戦争の中でしか生きられない人間もいるのだとか。

実際、少し前のカーニバル開催中に、とある貴族達が反乱を企てた事件があった。波乱に満ちた状況に遭遇する機会がある。やはり僕が王として国のかじ取りをして安定させないと……と同時に、他に適任者はいないかと思ってしまうんだけど。

考え事をしていると、部屋の扉がノックされた。

「セラム様、おはようございます」

「ああ、おはよう」

彼女は、ずっと僕に仕えてくれているメイドのクレアである。クレアは扉の前で一礼し、部屋の中へ入って来ると、手に抱えた僕の着替えをベッドに置いた。

僕はその中に含まれた胴着を見て声を上げる。

「そうか。今日はノア殿に稽古をつけてもらう日だった」

ノア殿は、僕が家族や側仕えの使用人以外で気軽に話すことを許された人物の一人だ。『クリムゾンの神剣』という二つ名を持つ王国最強の騎士であり、彼の存在は戦争の抑止力にもなっている。

「ふふ、セラム様は本当にノア様の稽古がお好きですよね。他の習い事も、それくらい熱心だったらよかったのですが」

「う……。それは言わない約束じゃないか。なんたって、ノア殿はこの国の英雄だからね。そんな人に稽古をつけてもらえるなんて、幸せ以外の何物でもないよ」

「確かに、あの方も忙しい御仁ですからね」

「そうだね。早く準備しよう」

僕は胴着に着替えると、ノア殿との稽古の前に朝食を食べに向かうべく自室を出た。


自室から出て王宮内の長い廊下をクレアと連れ立って歩いていると一つ上の姉、イリア・バン・クリムゾンとばったり出会った。

「あ、イリア姉様。おはようございます」

まぁ、一つ上とはいえ、歳は十も離れているのだけどね。

イリア姉様は気品があり、僕と同じ赤い髪に青い瞳の容貌をしていた。顔立ちは綺麗なのだが、どうやら男性嫌いらしく、浮いた話はとんと聞かない。

……僕には優しいんだけどなぁ。

「きゃあ。朝からセラムに会えるなんて……。今日は一日、良い日だわ、きっと」

「イリア姉様。それは言い過ぎですよ」

「ふふ、セラム、一緒に行きましょう？　朝食はまだでしょ？　今日は暖かくなってきたし、テラスであなたのことを考えながら朝食を食べようかと思っていたのよ？」

「え？」

「……!?　えーっと……間違えちゃったわ！　今日は天気もいいし、テラスで大好きな花を愛でながら朝食を食べたいって、言いたかったのよ。あー、間違えちゃった……へへ」

イリア姉様は、僕の腕に抱きついてくる。

あの……イリア姉様、本当に言い間違い、なんだよね？

「そ、そうなんだ？　ハハ……」

「さぁ、行こ！」

僕はイリア姉様に引きずられるようにテラスまで連行されたのだった。

テラスにやってくるとイリア姉様が言っていた通り、手入れされた季節の花々が咲き誇っていた。花の甘い香りを楽しみながらイリア姉様と朝食を食べる。

「あ、このパンケーキ美味しい」

「そう？　じゃ、私のあげるよ」

「ありがとうございます。イリア姉様」

「ふふ。いいのよ。あーと、そうだ！　代わりに一つお願いがあるんだけど……」

「ん？　何ですか？」

「うん、セラムが王様になったら、姉弟で結婚できる制度を作ってほしいんだけど」

「あの、やっぱりパンケーキは返しますね」

「えー、いいじゃない。パンケーキ食べちゃいなさいよ」

「そういう問題じゃないんですが……。パンケーキ一つに、かなり重たい問題を持ってこられても困りますよ」

「もう！　セラムもお父様と同じ反応をするんだから」

「えぇぇぇ！　今のお願い、お父様……いや、国王様にも頼んだんですか!?　イリア姉様！」

「ふふ、冗談よ。冗談」

「そ、そうですよね。ハハ……焦りましたよ」

僕は胸を撫で下ろした。

ただその一方、イリア姉様の目が一瞬薄暗く淀んだのを、僕は見逃さなかった。彼女の口元はボソボソと「どんな手を使っても実現したいんだけど……」と呟いている。

正直、そのニコリとした笑みも怖いんですけど……。

「え？　あの、イリア姉様……今、何か言いましたか？」

「ううん。何も？」

「そ、そう？　ならいいんだけど」

「あ、そうだ。朝食後に私の部屋へ行きませんこと？　そうだわ！　それがいいわよ！」

「あの……。イリア姉様、この後はノア殿と稽古の予定が……」

僕が恐る恐るイリア姉様に返答する。

その瞬間、再びイリア姉様の目が暗く沈んだ。しかも、今度は聞こえるか聞こえないかという声で、「あの老いぼれ……私のセラムちゃんと稽古ですって……⁉　一体何を稽古するんだよ」と、冷たく吐き捨てたではないか。

ハハ……。何か聞こえた気がするけど、僕の勘違いだろう。

きっと、そうだよね？

それから僕は、怖い笑みを浮かべたイリア姉様と、気まずい空気の中で朝食を共にすることになった。


イリア姉様との朝食を終えた後、僕は王宮内にある修練場でノア殿の稽古を受けるべく体をほぐしていた。すると、いつの間にか現れたノア殿が声をかけてくる。

「ほほ、儂が来る前に準備体操も走り込みも終わらせてしまったのですな」

「はい、少しでも早くノア殿の剣が学びたかったので。待ちきれませんでした」

「それはそれは……。嬉しいですな。本当に……あの小僧にセラム様の爪の垢でも煎じて飲ませてやりたいくらいです」

「あの小僧とは？」

「ほほ……。小僧とは、目をかけている者のことです。凄まじい天賦の才を持ちながら、やる気のない奴でしての。何とかしたいのですが、どうも怠け癖が直らんようで」

「ほぉ、ノア殿にそこまで言わせる者がいるのですか。会ってみたいです」

「そうですな。いつか引き合わせましょう。……いや、小僧は我が国の代表として儂が無理矢理にでも騎士交戦に出場させるので、近いうちにご覧に入れます」

「そうなんですか。では、楽しみが増えました。今年こそは優勝してほしいですからな」

年に一度の四カ国サミットは、僕が唯一王宮を離れられる機会なのだ。その中でも騎士交戦は、各国の騎士学校を代表する生徒二人と魔法学園の生徒二人の四人グループが、クエスト達成を競う大会である。

僕の一年の楽しみのうち、ベスト三に入るイベントだった。

「ほほ、まったくです」

同意するノア殿の頬は緩んでいるのに、その目は笑っていなかった。というか、びっくりするくらい怖いんですけど……。

そういえば、二年連続騎士交戦は我が国が最下位になったんだった。その時、国王であるお父様がノア殿に小言を言っていたっけ。

僕はそのことを思い出して、ノア殿の目の色が変わったのも、仕方がないなと納得する。

そんな雑談が終わると、ノア殿の剣術指導が始まった。

ノア殿の剣術指導は他の武術指南役のように型の美しさを重要視したものというより、実戦を想定した内容だった。たとえ僕がどんな窮地に陥ろうとも生き残ることを目的にした護身術のようだ。

僕はノア殿との間合いを詰めて木刀を振るった。

ノア殿の手にした木刀が甲高い音を立てる。

木刀同士を合わせていると、ノア殿が口を開いた。

「こうやって剣を合わせて、相手の腕力が自分より上だと分かった時は、しゃがんで足をかけるという不意打ちもありですな」

「あ、足をですか？」

「もしくは、地面の土や石を掴んで顔面に投げつけるのも一手です」

「そ、そこまで、するのですか？」

「おそらく、他の者は綺麗事しか言わんでしょうからの。あえて儂が言わせてもらいますと、セラム様はなんとしても生き残らねばならん使命を負っています。じゃから、もし……そうですな。もし、命乞いしてきた敵がいても、そやつは必ず斬ること」

「いや、そこまでしなくても」

「貴方を狙う賊は命がけです。剣を突き立てたくらいで、諦めるわけがありませんぞ。命乞いをしてこようと迷ってはいけません。必ず斬って捨ててください」

「……」

僕はノア殿の言葉に息を呑んだ。

ノア殿はさらに語調を強める。

「その賊も貴方に剣を向けた時点で死を覚悟しております」

激しい鍔迫り合いの末、ノア殿は僕の木刀を押し返すと、隙を狙って僕の喉元へ自分の木刀を突き付けた。

「うぐ」

「一回死亡ですな。もし、本当に貴方が死亡していたら、クリムゾン王国の政情は不安定になってしまいますな」

「……勉強になります」

「まぁ、こんな戦いになる前に、なんとしても逃げてほしいところです。たとえ儂や部下達を犠牲にしたとしても」

「それは……」

揺るぎないノア殿の決意を耳にして、僕の気持ちも自然と引き締まる。

「ほほ、そうならぬように儂も精進しますがな。では、二本目に行きますかな」

「は、はい」

その時僕は、ノア殿の瞳に何か尋常でないものを感じて狼狽えた。それはあたかも、この国の未来に近づく脅威の予兆のように見えた。

二時間に及ぶ稽古は、ノア殿が木刀を引く形で終わった。

「ここまでですな」

「はぁ……はぁ……。ノア殿、稽古をつけていただき感謝します」

肩で息をしながら、僕は木刀を引いて頭を下げる。

「セラム様、強くなられましたな。儂が年をとるわけです」

「いえいえ、僕などまだまだです。あ……あのノア殿、このあと時間はありますか？　お話を聞きたいのです」

「ほほ、良いですぞ。では、お茶にしますかの」

それから僕は全身の汗を拭いた後、自室でノア殿と向かい合い、テーブルの上の菓子を囲んで口を開いた。

「カーニバルの一件、お父様から聞きましたよ。五千を超える軍勢を率いていた反乱貴族を鎮圧したとか！」

「ほほ、儂は大したことなどしておりませんよ」

「何を仰っているのです！　ノア殿はこの国の英雄なんですよ？」

「そう言われましても、私は黒幕を生かして捕らえられませんでしたからな」

　確かに、ブラックベルという組織に属していた賊の首謀者は自決したらしく、未だその詳しい全貌は明らかになっていない。それでも、ノア殿が反乱貴族達を鎮圧していなかったら、クリムゾン王国は大変なことになっていただろう。本来なら栄誉を手に入れられるというのに謙遜の姿を崩さないノア殿に僕は改めて尊敬の念を抱く。

「だから、今回の勲章授与を辞退なされたのですか？」

「ほほ、今回、国王様には儂を騎士学校の校長に任じていただくという、無理なお願いを聞いていただきましたからの。……それと歴史には、必ず名も知れない本物の英雄が存在するものです」

「本物の英雄？」

　僕の問いかけにノア殿は机の上の本に視線を向ける。

　それは僕が気に入っている三人の英雄の冒険談が記された本だった。

　ノア殿はゆっくり瞼を閉じながら確信に満ちた態度で明言した。

「そうです。英雄は必ずおるのですよ」

「あの、それは……？」

「ほほ、冗談ですの」

　ノア殿はニコリと笑みを浮かべ、紅茶をすすりつつ窓の外を見た。

番外編第二話　他人に認められるには

俺はアラン・シェハート。

前世は田崎剛也という名前の日本人。つまり、転生者だ。

ルーカス王国のシェハート男爵家の三男として生まれた俺には、貧乏貴族の出身でありながら、神に与えられたチート能力がある。俺はこの能力を使い、王国中が憧れる龍騎士を目指しており、今まさにその最終選考会に参加するところだった。

俺がいるのは山岳地帯が多く広がるルーカス王国でも有数の高さを誇る山の一つ、パラペンス山――。

そのパラペンス山の登山入り口に俺を含む竜騎士になるための最終選考に進んだ……十代から五十代までの約百名の受験者が集められていた。

ただ、ここが最終選考会の会場ではない。実際の会場は、パラペンス山の頂上付近に現れる『龍の巣』だそうだ。そこで龍達が直接審査するらしい。

ちなみに『龍の巣』とは、空に浮遊する巨大な雲の塊を指す。そのため、パラペンス山に留まっている期間も、ある程度決まっているという。だからこの期間中に龍騎士の選考会が開かれるというわけである。

俺は受験者達から少し離れた場所で、剣術の師匠であるエリンと話していた。

「登る前からこんなに重いリュックなんて」

エリンから渡されたリュックはかなり大きかった。もしかしたら、俺の体重を超えているんじゃないか？

「文句を言うでない。これも騎士交戦に向けての修業じゃ。……それと、忘れもんじゃ」

「騎士交戦と何の関係が……って？」

続いてエリンは、寮に置いてきたはずの『ブラデットの斧』を時空間から取り出して渡してきた。

「それも持っていけ」

「じょ……冗談ですよね？　すごく重たいので置いてきたのに……」

エリンが冗談を言わないことは分かっていた。だが、それでも尋ねずにはいられなかった。

「ふふ、私が冗談を言うわけないじゃないか」

「ハハ……そうですよね。師匠が冗談なんて。あ……すみません、師匠……そろそろ選考会に関する説明が始まってしまいそうです」

「そうだね。早く行っておいで」

登山入り口付近では、国の役人が集合するよう呼びかけていた。

俺は師匠に断りを入れてリュックと斧を担ぐと、選考会に関する説明を聞きに行くのだった。


「あいつが……『百人斬り』？」

「そうそう、賊から女王陛下を守ったっていう……」

「けど、『百人斬り』なんて、どうせ尾ひれが付いてんだろ？」

「確かに、あんなガキに一人で百人も斬れるわけがねぇ」

「そうだな、実際は雑魚の盗賊三十人くらいが関の山じゃねぇのか？」

「あ！　きっとそうだぜ！」

「あるいは、サクラが混ざってたとか」

「けど、国王に認められてんだろ？」

「……少し調子に乗っているようだな」

選考会の説明が始まる前、俺に気付いた他の受験者達から噂話が聞こえてくる。

俺は『百人斬り』なんて物騒な二つ名を持っているものの、外見は単なる子供にしか見えない。だから、どうしても舐められるんだよ。

俺は自分を噂する声を無視しつつ周りを眺めた。

へぇ……女の子も何人かいるんだな。しかも、格好から察するに一般人に見える。よく最終の選考会までたどり着いたものだ。

選考会に参加するだけでも、多くの金を積んでコネを作る必要があるのだが……。この俺ですら以前、国王様に謁見した際に、国王本人に選考会への参加を取り計らってもらったことで、受験が許されたのである。

一般女性に見えるが、実は貴族のお抱えかなんかで、有能なのだろうか？

まぁ……なんにせよ。

あの子達の誰かが、もし龍騎士に選ばれたら、王国始まって以来の女龍騎士が誕生するというわけか。俺には関係ないことだが……。

そんなことを考えていると、選考会に関する説明が始まった。

そこで俺はメモを片手に話を聞くことに集中した。

カランカラン……。

選考会に関する説明が終わり、試験開始の合図となる鐘の音が鳴らされた。

「よし、行く……か！」

「ちょい待ち」

俺はリュックと斧を持ち直して他の人に続こうとした。だが、その歩みは予期せぬ背後からの力で阻まれてしまった。振り返ると、いつの間にかエリンが立っていて俺のリュックを掴んでいる。

「なんですか！　師匠！」

「まぁ怒るな」

俺は荷物をその場に下ろして腕を組んだ。

「もう選考会は始まっているのと同じなんですよ？」

不満げな俺に対して、エリンは不敵な笑みを浮かべつつにじり寄る。

そして、いきなり耳元で意味不明なことを囁いた。

「ふふ、分かっているじゃないか。じゃ……ヒントはいらなかったか？」

「え？　それはどういう？」

俺はエリンの意味深な発言に目を瞠り、すぐに小声で問いかけた。

「そうか、ヒントはいらないんだな？」

「あの……師匠？」

「なんだ？」

「ヒントください」

「まぁ……帰ったら私に好きなだけケーキを奢ってくれるというなら、教えてやってもいいが。どうする？」

「分かりました。分かりましたから」

「では、ここにいる受験者の中で、最後に登り始めろ」

「え？　それだけですか？」

「うむ。これを役立てられるかどうかは、お前次第だがな」

俺はエリンを信じ、その言葉に従った。

ただ結局、そうしなければいけない理由は聞けなかった。


山登りを始めて三時間が経った。

「はぁはぁ……」

それにしても他の受験者の姿が全然見当たらない。だいぶ遅れを取っているようだ。とてつもない重さの荷物を抱え、不慣れな山を最後に登っているので、仕方がないと言えば仕方がないのだが……。

しかし現在、何よりも俺の障害となっているのは……。

「怪しい」

ふと立ち止まり、俺は落ちていた石を拾い上げて奇妙に盛り上がった地面に投げつけた。

ガチン！

その石が地面に触れた瞬間、不自然な鉄の音が響くと共に、ワニのように鋭い歯を持つ二枚の金属が勢いよく飛び出して石を呑み込んだ。

アレは確か、『トラバサミ』とかいうトラップだったか？

つまり、何よりも俺の障害となっているのは、他の受験者達が残したトラップや『マキビシ』の類いだった。

この種の光景を目にすると、人間が嫌いになるんだよな……。

そんなに相手を蹴落としたいかね？

いや、そうまでしても龍騎士になりたいんだろうな。その資格を得ることは、貴族の家としても名誉なことだし。何と言っても、龍騎士本人には、一代限りながら男爵相当の権限と年金が与えられるのだ。

ともあれ、こういう悪知恵を働かせる奴がいるから、最後尾は嫌だったんだけど……。

これでもう……一体何個目だろうか？

数えるのも嫌になる。

それに、このまま危険な罠を放置していたら山の動物の迷惑になるだろうが……。

俺は改めて、目の前の現状を考察してみた。

重い荷物に慣れない登山、トラップだらけの山道と悪条件が三拍子揃っている。

ステータスを増強するチートスキルの【超人】を所有する俺でも、さすがに疲れてきた。

それはさておき、俺が最後に登り始めることに何の意味が……？

あ……！

俺は、はたと膝を打った。

そうか……そういうことだったのか。

要するに師匠は、最初からこんな卑怯な手段に訴えてくる奴がいると見越していたんだ。

彼らのことである。俺が仮に先頭にいたとしたら、休憩するテントに夜襲をかけてくる可能性も高い。

俺は今まで前の受験者集団に追いつくことばかりを考えていた。だが、今日のところはテントを張れそうな場所を見つけて早めにキャンプしたほうがよいかもしれない。

夜襲に怯えて警戒する必要がないという意味では、最後に登ることにメリットがある。

俺はそう考え直すと、適当なキャンプ地を探しつつ山登りを再開するのだった。

山登りを始めて四時間、キャンプ地を探して一時間が経った。

なかなかキャンプに適した平地が見つからない。

「うわ……またあったよ」

俺はげんなりしつつ、石をぶつけてトラップを作動させて処理した。

その時、少し上のほうから人間の呻き声が聞こえてきた。

「うぅ……痛い……痛いよ」

声がした所まで登って行くと、女性の受験者が罠に嵌まって蹲（うずくま）っていた。

　この辺りでは珍しい蒼（あお）い髪に蒼い瞳をしたボーイッシュな顔立ちの女性である。近くで見るとクールな印象がある綺麗系美人であった。

　今は他人を助けてやる余裕はない――昔の俺ならばそう考えて、弱っている者が女性でも関係なく見捨てていただろう。しかし、他人に認められるには、まず自分を変えなくてはならないということを、俺はエリンから学んでいた。

「大丈夫か？」

　俺は素早く女性に駆け寄ると力ずくで罠を外してやった。傷はかなり深いようだ。ざっくりと切れた傷口からは、血がぽたぽたと滴り落ちている。

　これまでもトラップに引っかかっている受験者はいた。だが傷は浅かったため、持参した傷薬と包帯を提供することで別れていた。目の前の彼女の具合は、それでは済まなそうだ。

「もう大丈夫だから。触らないで」

　彼女は俺を睨みつけ乱暴に手を払おうとする。

「そうは見えないから黙っていろ」

　俺は彼女の手を取り、有無を言わさずその身体を抱えて平地に運んだ。

「やめろ。お前なんか信用できない」

俺は彼女の言葉を無視して自分のリュックの中に手を入れた。

「確か、この中にあったはず……」

俺は師匠のお兄さんが作製した治癒魔法の効果がある魔導具――『ヒランの杖』を取り出して彼女の様子を窺う。

危害を加えられるとでも勘違いしたのか、負傷した受験者が怯えた顔で悲鳴じみた声を上げた。

「何をする気だ！　やめろ！」

俺は彼女の患部に杖を近づけて魔力を集中させる。

「【ヒール】」

治癒魔法を唱えると、たちまち杖の先から光が溢れ、彼女の傷口を徐々に癒していく。

【ヒール】を使い始めて十分後。

受験者は自分の足に触れて傷が消えているのを確認し、ほっと安堵の息を漏らした。

「治った……」

「よかった」

「あ……ありが」

「やばい限界だ」

どうやら魔力を使い過ぎてしまったらしい。俺は彼女のお礼の言葉を最後まで聞けぬまま、気を失い倒れてしまった。

「……んん？」

目が覚めると森の中にいた。

……あれ？　俺は確か、パラペンス山を登っている最中だったはず……。

全身が鉛のように重い。頭がぼーっとし、記憶が混濁している。

徐々に意識が覚醒してくるに従い、パチパチという音が俺の隣から聞こえてきた。視線を動かすと焚火が出来ている。なるほど、どうりで暖かいわけだ。

……でも俺、焚火なんかおこしたっけ？

俺が自問自答していると、焚火の先から女性が歩いて来て声をかけてきた。

「やっと起きた？」

「あぁ！　そうか、魔力不足で倒れたのか！　すまん、世話をかけた」

『ヒランの杖』は、誰でも治癒魔法が使える便利な魔導具なのだが、消費魔力が激しいという欠点があったのだ。

俺はすべてを思い出して立ち上がる。

助けた相手に救われるなんて格好悪い……。それにまだ龍騎士の最終選考会の会場へ行く途中だった。すぐさま俺は、荷物を抱え出発しようとする。ところが、彼女は俺の服を掴んで言った。

「いいよ。私も助けてもらったからね」

「……？」

え？　どうしたのだろうか？

先ほどまで、俺のことをゴキブリでも見るような厳しい目で睨んでいたのに？

おかしいな？　まだ夢の中にいるのだろうか？

「夕食の準備をしたから……食べなよ」

彼女は俺に木の皿に注がれた野菜スープを渡す。

「え？　は、はい」

俺は彼女の変化に戸惑っていた。

目の前にはテーブル代わりの切り株があり、彼女はその上にパンと干し肉を置いていく。

「早く食べな。冷めるよ」

「あ、ありがとう。しかし、これじゃあどっちが助けられたか分からないな」

「私は受けた恩は必ず返す女だよ。黙って食べな。それから……助けてくれて、ありがとう」

唐突に、俺の心臓が早鐘を打った。名前も知らない女性に対して、胸の内側から温かい感情がじんわりと湧いてくる。一体、なんだろう、この感じは……。

◆

パラペンス山を登り始めて二日目。

ようやく前方に複数の受験者の姿が見えてきた。

「やっと他の受験者の集団に追いつけたな」

俺の呟きが聞こえたのか、隣を歩いていたルリアがこちらに視線を向けてくる。

「アランが登るのが遅いからでしょ？」

ルリアとは、昨日トラップに嵌まっていた女の子の名前だ。普通にしている分にはなかなかの美人なのだが、今はやや厳めしい表情で俺を睨んでいた。

「先に行けばよかっただろう」

「馬鹿ね。そういう訳にはいかないでしょ。貸しはまだ返しきれていないんだから」

相変わらず口が悪い。そのせいで俺とルリアは度々口喧嘩をした。ただ、なんやかんや言いつつも、俺を気遣ってくれているらしい。

ルリアと口喧嘩をしてると、不意に前方を歩く受験者の様子が気になった。

「それにしても……」

「何よ？」

「いや、俺の予想的中といったところか?」

「どういうこと?」

俺は彼らの耳に入らないように距離を取りながら、ルリアに自分が予想したことを話した。

それは昨晩、競争相手を減らそうと夜襲があったのではないか、ということだった。

なぜなら、受験者の集団には怪我人が多く見受けられたからである。もしかすると、すでに地面の下に埋められている者も……。

「本当に屑ばかりね」

俺の予想を聞いたルリアは眉間に皺を寄せて吐き捨てた。

「俺の予想に過ぎないが」

「ふん。まんざら外れでもなさそう」

二人の間に少し気まずい沈黙が流れた。

俺は途切れた会話を埋めるため、ルリアと出会って以来、胸に秘めてきたある思いを切り出そうと口を開いた。

「……それで……ルリア」

しかし、俺は話そうとしたことが気恥ずかしくなり、歯切れ悪く口籠ってしまう。

「何よ。かしこまって」

「いや、なんでもない」

「馬鹿ね。なんでもないように見えないわよ。さっさと言いなさいよ」

「うぐ……」

「私、怒るわよ？」

「分かった。分かったから。ルリア、あのさ……俺と、俺と一緒にパーティーを組まないか？」

はぁ……言ってやった。言ってやったぞ！

仲間を作るのって、こんなにも気恥ずかしいものだったのか？

「え？　何？」

「だから、ルリアを信頼してのお願いなんだ！　俺とパーティーを組んでもらえないだろうか⁉」

こうなればもう自棄である。とにかく口に出して用件を伝えてしまえばいい。後は野となれ山となれ、そんな思いであった。

一瞬、ルリアはキョトンとした顔になる。それから何故かそっぽを向いて黙り込んだ。

アレ……？　なんか俺、まずいこと言った？

だが、ルリアはすぐにいつもの強気の態度を取り戻して俺に確認する。

「ふ、ふーん。この私とパーティーを組みたいって言ったの？」

「だから、そうだ」

「ふーん。そうなんだ……私を信用して……ね。まぁ、いいよ。私がいないと、アランは口先だけのチキンっぽいし」

「な……!? ヘタレって言ったか？ この俺が、ヘタレってか？」

「え？ アランみたいな人を、ヘタレって言うんでしょ？」

再び俺とルリアは口喧嘩を始めた。

それからしばらく後――。

最終的にはルリアが、俺の希望を叶えてくれる形で話は纏まったのであった。

さらに二時間ほど山を登った頃。

不意に、隣を歩くルリアが周囲に目を配り短剣を取り出した。

「アラン」

「分かっている」

後方へ下がりつつ警戒を促すルリアに、俺は短く応答する。

俺がリュックを下ろして斧を構えると、木々の隙間から巨大な体躯を揺らしながらドーリベアーが勢いよく突進して来た。

「うぐ……重たい！」

即座に俺は無魔法の【プランク】を唱えた。山という環境下で身体は普段より鈍ってしまっていたが、そのおかげで何とかドーリベアーの突進を斧で受け止めることが出来た。

「ガウウウ‼」

ドーリベアーが歯を剥き出しにして威嚇する。

「弾いて！」

「ふぬぅぅ！」

背後からルリアに発破をかけられた。

同時に俺は【プランク】に使用する魔力量を増大させてドーリベアーを弾き飛ばす。

「【ウォーターブレット】」

続けてルリアは俺を援護すべく魔法を詠唱した。すると幾十もの水の塊が空中に浮かび上がり、瞬く間にドーリベアーに向かって強襲をかける。

彼女は無魔法と水魔法の二つしか使えなかったが、魔力量に関しては俺の倍以上だ。しかも水魔法の熟練度は【水魔法（大）レベル10】。その威力は推して知るべしであろう。

「ガウウ‼」

水の塊を命中させられたドーリベアーの全身は傷だらけだった。右腕は折れているらしく、だらりとぶら下がっている。それでも致命傷には至っていないようで、猛然と雄叫びを上げながらこちらへ襲い掛かって来ようとしていた。

「効き目は薄いわね」

「十分だ。【オーバーブランク】」

【オーバーブランク】は、通常の【ブランク】に用いる魔力を十倍消費して、身体超強化を行う魔法だ。

「……【一文字】」

俺は一瞬で間合いを詰めて斧を振りかぶった。【オーバーブランク】で強化された身体により、ドーリベアーが両断されて決着はついた。

「はぁ……疲れた」

俺はどっと地に倒れるドーリベアーを目で追いつつ、斧を地面に突き刺した。

【オーバーブランク】を使用した反動で疲労困憊の俺に、ルリアが心無いツッコミを入れる。

「最初から使えないの、それ？」

「最初から使えたら使ってるだろが……この【オーバーブランク】にはタメがいるし、何より身体への負担が大きいから多用は出来ない」

「そう、アランにしたらカッコ良かったわ」

ルリアは素っ気なく言い残すと、さっさと俺から離れて行ってしまう。

ルリアの言葉を反芻しつつ、俺は彼女の言葉と態度のギャップに、ぽかんと呆気にとられていた。

◆

パラペンス山の登頂に挑み始めてから三日目。

「はぁはぁ……」

俺は当初と同じく『ブラデットの斧』を担ぎ、大きなリュックを背負いパラペンス山を登っていた。

標高が増してきたせいか、酸素も薄くなり体の動きが鈍ってきている。

「はぁはぁ……キツイ」

「ほら。早く早く」

そんな俺に対して、何故かルリアには変わった様子がない。平然と険しくなった山道をポンポン登っていく。

「ルリア、何でそんなに元気なんだ？　こっちは体だるいし、頭はズンズン痛いし、もう限界が近いっていうのに」

「それはチキンのアランが、だらしないんだよ」

「俺のどこがチキンなんだぁ！」

俺は憤然と叫び声を上げた。疲れて緩慢になった身体に気合いを入れ直し、目の前の岩山を一気に登りきる。

「フン、隣のテントで女の子が寝ているのに手も出さないなんて……。チキンでしかないでしょう。バカ。本当にバカ」

ルリアが何か喋っているようだが、風が強く吹いたせいで上手く聞き取れなかった。

「はぁはぁ……ごめん、風で……何を言ったか聞こえなかった」

俺はすかさず謝ってルリアに聞き返す。ところが理由も分からないまま、ルリアの機嫌はさらに悪化した。その上、ルリアが山を登るスピードが地味に上がっていく。

「アランのバカ」

「はぁはぁ……え？　今度はバカですか？　これはランクダウンじゃないか？　俺、何か悪いこと言ったのかよ？」

「アランのバカ」

「え？　そんだけ？　それと登るスピード速くなってないかな？　これ、さすがについて行くの辛いんだけど……」

「アランのバカ」

「え？　はぁはぁ……あの、何か答えてくれると……すみません。俺が悪かったから許して」

「はぁ……仕方ないわね。もう少しで休憩できそうな所があるから、そこまで頑張って」

俺が懇願すると、ルリアは立ち止まって手を貸してくれた。

「あ……ありがとう」

「どういたしまして……それから、バカは言い過ぎたかも、ごめん」

「お？　おう」

俺は反対にルリアに頭を下げられて驚いた。

それから俺は途切れ途切れにルリアと会話を交わしつつ、彼女が発見した岩の切れ目で風をしのぐために休憩をすることにしたのだった。


「……」

「……」

なんだろう、この微妙な空気感は？

少し気まずいな……。何か会話できることがあれば……。

俺は辺りをぐるりと見回し、何か良いネタはないかと頭を捻る。

「そういえば、ゆっくり登っていたのに誰も追いついて来ないけど。何かあったのかな？」

「はぁ……そりゃ、普段から高地に慣れていない人間が順応期間も設けずにこんな所まで来られるわけないでしょ？」

「それもそうか……って、俺は来てもよかったのかよ？　どうりで頭が痛いわけだ」

「普通の人間なら、その程度じゃすまないわよ」

「あれ？　それは暗に俺を化け物扱いしているのか？」

「暗にじゃないわよ」

はぁ……何で口を開くと喧嘩みたいになってしまうのだろう？　俺は頬を掻きながら話題を変える。

「ルリアがこんな標高の場所でも元気に動けるのは、つまり高地の生まれだからなのか？」

「そうよ」

「……」

「何よ。他に聞くことはないの？」

ルリアが唇を尖らせて尋ねる。

「あ……えっと、ルリアの故郷のことを聞かせてくれよ」

「私の故郷は絶景しかない、つまらない所だったわ。親はとうの昔に死んじゃったから周囲のりゅ……人間達と馴染むことなく、心に壁を作って一人で過ごす時間が長かったの。……けど、そんな自分が嫌になって、私はこの選考会に参加することにしたんだ」

「……そうか」

「あー、なんで話しちゃったかな？　私……雰囲気悪くしてばかりだね」

「んー、俺にはルリアの過去を変えることは出来ないが、俺とパーティーを組んだんだし。もうルリアは一人じゃないよな？」

ルリアは俺の言葉に目を瞠ると、すぐに可笑しそうに笑い出した。

「……ハハ、そうだね。チキンの癖にいいこと言うじゃん」

「な……チキンって、また言ったな？」

「何度でも言うよ。チキンのアラン、休憩終わりだから行くよ！」

「え？　もうか？　もう少し休ませてくれないか？　あの……ルリアさん？」

「ダメ！　行くよ！　『龍の巣』までは、あと少しだから」

ルリアに強制的に休憩時間を終わらせられてしまった。俺は仕方なく重たい身体に鞭を打ち、その後ろを追いかける。

山登りを再開して一時間後。

俺達はようやく『龍の巣』にたどり着くことが出来た。


――『龍の巣』は、雲の中に出来た空中都市だな。

それが最初に抱いた俺の感想である。

『龍の巣』内にあるモノ――それはすべて白い雲のはずだが、実際に手で触れてみると石のように硬い。俺とルリアは、案内役の女性に導かれるまま服を着替えさせられた。次に通されたのは妖精の国で目にした聖堂の造形に近い建物だった。

好奇心を刺激され、のんびりと周囲を眺めていたら、ルリアに急かされた。

「さっさと行くよ」

ルリアは建物の入り口にある重厚（じゅうこう）な扉を開けて中へ入って行く。

「あ。まって」

俺は駆け足でルリアを追う。建物内にはすでに数人の最終選考会の受験者が待っていた。

……待たせてしまったのだろうか？

ルリアに続いて、俺も他の受験者に並んで立つ。

そこで俺は、ふとある事実に気がついた。彼らは皆、女性だったのである。パラペンス山の登山入り口に集まっていた受験者のほとんどが男達であったはずだ。『龍の巣』にたどり着ける者は、十分の一ほどだと聞いていたが……。

そうだとしても男達の姿が俺以外一人もいなく一般女性と思っていた女性達が多く残っていることに驚き、俺はまじまじと女性達を見つめる。するとその視線に気づいた女性から、不思議と好意的な笑みを返されたり、手を振られたりといった挨拶を受けた。

そのやり取りを見たルリアに、俺は何故か足を踏まれてしまった。……え？　もしかして、嫉妬（しっと）ですか？　ルリアさん。

——その数分後。

金色の長い髪に金色の瞳をした女性がやって来た。なんとも神々しい雰囲気を纏っている。

「我が名はアンスト・ドラン・ベルギウス十世である。ようこそ、我が国へ。アラン」

「へ？」

いきなり名指しで呼ばれ、思わず俺の口から変な声が漏れてしまう。

女王のアンスト様は、柔らかい笑みを浮かべて告げた。

「ふふ、今年の龍騎士に選ばれたのは君だよ。おめでとう」

「あ……え？　待ってください。どういうことですか？　これから最終選考会なのではないのですか？　それに何で俺だけなんですか？」

「その必要はない。ここに来るまでの出来事を、すべて見せてもらったからな」

「それなら俺の隣にいるルリアだって……。彼女も一緒に力を合わせて登って来ましたし。ちょっと口は悪いですが、いい奴です。料理だって上手いし。なんだかんだ言って優しいし。笑顔も可愛いし」

俺は思いつく限り、必死にルリアの長所を並べていく。

「それはプロポーズか？」

「え？」

「クハハハ……そんな風に顔を赤らめているルリアは初めて見るぞ？」

「え？」

アンスト様の言う通り、俺の隣に立つルリアは恥ずかしそうに頬を染めていた。

「え？　どういうことですか？」

全く状況が呑み込めず、俺はアンスト様に問い返す。

アンスト様は呆れたように事情を説明した。

「まだ分かっておらんのか……。我々龍は人間に化けて受験者を直接審査していたのだよ」

「え？　えええ!?　じゃ……ルリアは龍？」

俺は思わず驚きの声を上げて、ルリアに視線を向ける。すると、ルリアは肯定するように小さく頷いた。

「そうよ。悪い？」

「いや、悪くないけど」

そんな俺とルリアの会話を制止するかのように、突然、アンスト様が手を叩いた。

「では、決まりじゃな。アラン、お主のパートナーとなる龍はルリアじゃ。そして、これが契約に必要な物じゃ」

そう告げるや否や、アンスト様は長方形の小箱を懐から取り出して蓋を開けた。見ると、その箱の中には二つの青い宝石の指輪が入っている。

「……アランよ。最後に問うが、この指輪を身に着ければ、お主が望む龍騎士になれる。しかし、一度、指に嵌めてしまったら破棄も出来ん。中途半端な気持ちのままでは取り返しがつかなくなる……。分かっておるだろうな？」

「はい。分かっています」

俺は即座にアンスト様の問いかけに頷いた。龍騎士になるということが、どういう意味を持つものなのか。それは事前に確認していたので覚悟は出来ている。

「いい返事だ。次にルリアはどうだ？」

「はい。もちろん」

「分かった。では、アランにルリアよ。指輪を左手の薬指に着けなさい」

俺とルリアはそれぞれ指輪を一つ受け取って薬指に通していった。すると少し大きめのサイズだった指輪が変形し、俺の指にピタリと嵌まる。

……ん？　アレ？

左手の薬指に指輪？

それって、まるで……？

俺は首を傾げつつ指輪を見た。

胸の内に湧き上がる俺の疑問をスルーして、アンスト様が高々と宣言する。

「ここに龍騎士がなった！」

周囲の受験者——人間の女の子の姿をした龍達が一斉に拍手をした。

……祝福ムードがすごいな。聞きたいことがあるのに、全然、そういう質問が出来る雰囲気じゃないぞ。

しかし、どうしても気になるのは、やはりこの指輪のことである。

左手の薬指に嵌めるなんて……これでは、まるで結婚指輪ではないか？

俺が質問するタイミングを窺っていると、アンスト様がルリアに視線を向けて言った。

「では契りを交わすのを許可する」

その言葉を耳にした瞬間、ルリアの瞳の色が一変した。

それから俺の首根っこを掴んで先を促す。

「アラン、行くよ」

「え？　契りって……え？」

俺はルリアに引きずられるようにして建物を出た。そのまま敷地内にある小奇麗な家屋に連れていかれる。そして俺はルリアに流されるまま、室内に設えられたベッドに押し倒されてしまった。

「フフ……アランがチキンなのは知ってるから」

「ちょっと待ってくれ、少し話そう。なんなんだ、これは、ル、ルリア？」

「私が全部やってあげるから。大丈夫、心配しないで」

キラリと光るルリアの瞳は、まるで獲物を前にした獰猛（どうもう）な肉食獣そのものだった。

アレ!?　あの瞳……以前、どこかで見たことがあるような……？

えっと……？

あ……!!

確か、師匠のエリンにも何度か向けられた記憶が……。

「ちょっと!?　……何が大丈夫か分からないけど！　何で服を脱がすの？　……あ……あああああああああああ…………………!?」

俺の頭からは、これ以降の記憶がすっぽりと抜け落ちている。

ただ、思い出せることはと言えば――。

次に目を覚ました時は、裸だったこと。

――そして。

あの時のルリアは、普段のルリアからは想像できないくらいに、とても可愛く優しかったこと。

……まあ、そのくらい、だろうか？

あとがき

皆様、こんにちは。作者の太陽クレハです。この度は、文庫版『異世界で怠惰な田舎ライフ。5』をお手に取ってくださり、ありがとうございます。

さて、今回のあとがきでは、本作の重要なキーマンの一人であるアンリエッタについて、お話ししたいと思います。

彼女の登場は、もともとこの物語を執筆し始めた当初から予定していました。しかし、いざ書き進めていくと、主人公のユーリとアンリエッタが出会うまで大分、時間がかかってしまいました。それは、ストーリーを想像の赴くまま、自由奔放に書くという私自身の執筆スタイルが原因ですが、ここにきて、ようやく彼らを結びつけることができた時、私は心底、安堵したものです。

ところが一難去って、また一難と申しましょうか。いざ、二人を巡り合わせてみたはよいものの、アンリエッタというキャラクターには、随分と手を焼きました。自分で設定しておきながら言うのもなんですが、なにせ彼女の性格は、ずばり『せっかち』、『戦闘狂』、『不安定』という極めて厄介なシロモノ。

この三つのイメージを壊さないように、彼女の行動や言動のチョイスには、とても苦労したことを覚えています。書き手である私自身でも、アンリエッタの斜め上を行く常識外れの心情は掴みどころのない部分があり、執筆中は彼女との対話のキャッチボールの中で、あれは違う、これも違う、というふうに幾度も幾度も、改稿を余儀なくされ……。

異世界で際限の無いバトルを挑まれるユーリと同様に、何度、心を折られかけたことでしょう。ただ、そのエンドレスな苦労の甲斐もあって、暗く閉ざされたアンリエッタの心の扉を開くことができ、辛い前世の記憶と向き合うユーリの姿を克明に描き出せた気がしています。

そんな本巻の最大の強敵であるアンリエッタの正体とユーリの関係については、是非、本編でお楽しみいただければ幸いです。

数奇な運命に翻弄される二人の邂逅により、物語はいよいよ最終章へと突入していきます。多くの冒険を通して成長を遂げていく主人公たちに、さらなる魅力的な新キャラも加わって、ついに彼らの目の前に立ちはだかる強大な宿敵の影――。

波乱に満ちた完結編にて、再び読者の皆様にお会いできることを願っています。

二〇二〇年七月　太陽クレハ

ネットで人気爆発作品が続々文庫化!

アルファライト文庫 大好評発売中!!

冒険者を目指す少年が召喚した相棒は
最弱の代名詞、スライムのはずが……
チートスキル 捕食持ち!?

僕のスライムは世界最強1〜3

1〜3巻 好評発売中!

空 水城 *Sora Mizuki*　illustration 東西

倒した魔物のスキルを覚えて
底辺からの大逆転!

冒険者を目指す少年ルゥは、生涯の相棒となる従魔に最弱のFランクモンスター『スライム』を召喚してしまう。戦闘に不向きな従魔では冒険者になれないと落ち込むルゥだったが、このスライムが不思議なスキル【捕食】を持っていることに気づいて事態は一変!? 超成長する相棒とともに、ルゥは憧れの冒険者への第一歩を踏み出す! 最弱従魔の下克上ファンタジー、待望の文庫化!

文庫判　各定価:本体610円+税

アルファライト文庫

この作品に対する皆様のご意見・ご感想をお待ちしております。

おハガキ・お手紙は以下の宛先にお送りください。

【宛先】

〒150-6008 東京都渋谷区恵比寿4-20-3 恵比寿ｶﾞｰﾃﾞﾝﾌﾟﾚｲｽﾀﾜｰ 8F
（株）アルファポリス　書籍感想係

メールフォームでのご意見・ご感想は右のＱＲコードから、
あるいは以下のワードで検索をかけてください。

ご感想はこちらから

アルファポリス　書籍の感想

本書は、2019年5月当社より単行本として
刊行されたものを文庫化したものです。

異世界で怠惰な田舎ライフ。5

太陽クレハ（たいよう くれは）

2020年 8月 31日初版発行

文庫編集－中野大樹／篠木歩
編集長－太田鉄平
発行者－梶本雄介
発行所－株式会社アルファポリス
〒150-6008東京都渋谷区恵比寿4-20-3恵比寿ガーデンプレイスタワー8F
TEL 03-6277-1601（営業） 03-6277-1602（編集）
URL https://www.alphapolis.co.jp/
発売元－株式会社星雲社（共同出版社・流通責任出版社）
〒112-0005東京都文京区水道1-3-30
TEL 03-3868-3275
装丁・本文イラスト－やとみ
文庫デザイン—AFTERGLOW
（レーベルフォーマットデザイン－ansyyqdesign）
印刷－株式会社暁印刷

価格はカバーに表示されてあります。

落丁乱丁の場合はアルファポリスまでご連絡ください。

送料は小社負担でお取り替えします。


ISBN978-4-434-27759-7 C0193